地獄系列
第十四部
14
地獄之初

自序

地獄十四，終於完成了！這部我對外宣稱完結篇的作品，硬是寫了兩倍的字數，於是出版社建議將其拆成兩本，也就是說，地獄十五才是完結篇，這樣說來，我到底有沒有言而無信呢？（笑。）

說起地獄系列的寫作過程，堪稱是我寫作十餘年的簡史，我曾經在台中大坑山上坐在石頭上寫著，曾經蹲在喧鬧台北書展角落寫著，也曾在北醫大演講前的飲料店內寫，也曾利用公司午休時間躲在汽車後座寫，當然這幾年來最多回憶的畫面，還是兩個小鬼在我身邊打鬧，我一邊閃躲他們揮過來的小手，一邊聆聽他們咯咯的笑聲，見縫插針的敲著鍵盤。

最忘不掉的是，那個炎熱的台中夏天，我打開電腦，按下第一個注音符號，開啟地獄列車故事的瞬間。

從此，轉眼就是十三年。

有時候會覺得，一件事可以連做十三年，真的是一種幸福，而且透過地獄系列，我遇見了許多讀者，認識不少新朋友，人生從此有了工程師工作與為人父以外的全新色彩。

接下來，生活越來越忙，日子越來越緊湊，寫作時間越來越少……但我不會停下來，就像是岩石縫隙的那小水滴，慢慢滴著，終有一天又會有作品成形。

最後，不免俗的，再次報告一下人生進度（啊，因為十四、十五幾乎同時出版，所以十五應該不會有太多更新了），兩個小鬼，姊姊小學三年級，聰明溫柔，喜歡閱讀，對故事有著強大的感受力，從她的作文更可見一班。

弟弟幼稚園大班，正在悄悄展現連出我都無法理解的數理能力，以及遺傳自他媽媽的語言能力。

真的，每個小孩都不一樣，都有著父母的一些特質，卻又不完全相同，真讓人期待他們長大的樣子。（心裡另一邊又捨不得他們長大，呵，這大概就是所謂的父母吧。）

好啦，作者的嘮叨說完了，接下來，就請各位翻到下一頁吧，滿載群魔神妖的地獄列車，又要再次出發了。

這一次，我們的目的地，就是終點站了。

Div

前情提要

為了拯救入魔的聖佛與少年H，蜘蛛女娜娜，九尾狐，以及吸血鬼女三人各執一梳，要將魔氣凝聚而成的冉冉長髮梳落。

此戰之慘，此戰之壯烈，絕對足以名列地獄戰役史，三百萬條人命，加上各據一方的神魔，包括賽特，撒旦，濕婆，甚至是蚩尤，紛紛介入，只為掩護三位女子手上這支看似脆弱的梳子。

最後，阿努比斯與吸血鬼女，這兩個曾與少年H並肩作戰多時的老友，梳下了魔佛僅存的魔氣，聖佛回歸，千萬生靈終於得以稍微喘息。

緊接而來的，是地獄道具No1.黑蕊花，終於舒展了其神祕的花瓣。

當黑蕊花展開，Ghost便從電腦的記憶點中被喚醒，時間頓時逆流，百萬玩家死而復生，少年H與貓女則回到了那場濃霧之中，曾經決定眾人命運的殺招「女神擁抱」，在濃霧中等待著他們。

這一次，少年H與貓女耗盡全力，力抗白月，取下了不可思議的一勝。

但這一勝，並沒有替少年H拿下破關的鑰匙，因為，女神的身後，站了三大猛將，古埃及公平神瑪特，殺手衛星操縱者比爾，以及他，曾是少年H最堅強戰友，卻也是最強對手的男人，阿努比斯。

地獄之初

面對如此堅強陣容，本以為少年Ｈ會再次展現奇蹟，但他卻笑著說出了一個答案。

「我，不打了。」少年Ｈ聳肩。「我想回家了，我想，大家都是吧？」

就這是這一句話，是的，就是這句話，結束了地獄遊戲長達十年的紛紛擾擾，結束了玩家與團隊們互相征戰與殺戮，地獄遊戲，在此刻，宣佈……

破關。

破關者，是女神伊希斯。

在華麗而溫馨的破關畫面之後，最後危機卻已然浮現，數百年前就蟄伏於黑暗中等待的黑榜鑽石Ａ，撒旦，終於出手了。

一枚狼人Ｔ的心臟，干擾夢幻之門的規則，讓破關者伊希斯與阿努比斯深陷險境。

而少年Ｈ，貓女，吸血鬼女，傳說中的獵鬼小組，為此，再次集結起來。

他們的目的，是來到魔醫的華佗大本營科博館，要救回當年獵鬼小組的隊長，也是在地獄列車事件中喪失意識的羅賓漢Ｊ。

但在科博館中，他們卻遇到了「好多」的羅賓漢Ｊ。

華佗恐怖的人體實驗中，收集各方魔物的能力，混入眾多羅賓漢的複製體中，如今這些複製體，將成為拯救羅賓漢最大的難關。

而另一頭，失去了西兒心臟的狼人Ｔ呢？他又要如何從絕境回到獵鬼小組的行列呢？

請看，地獄十四，地獄之初。

地獄之初

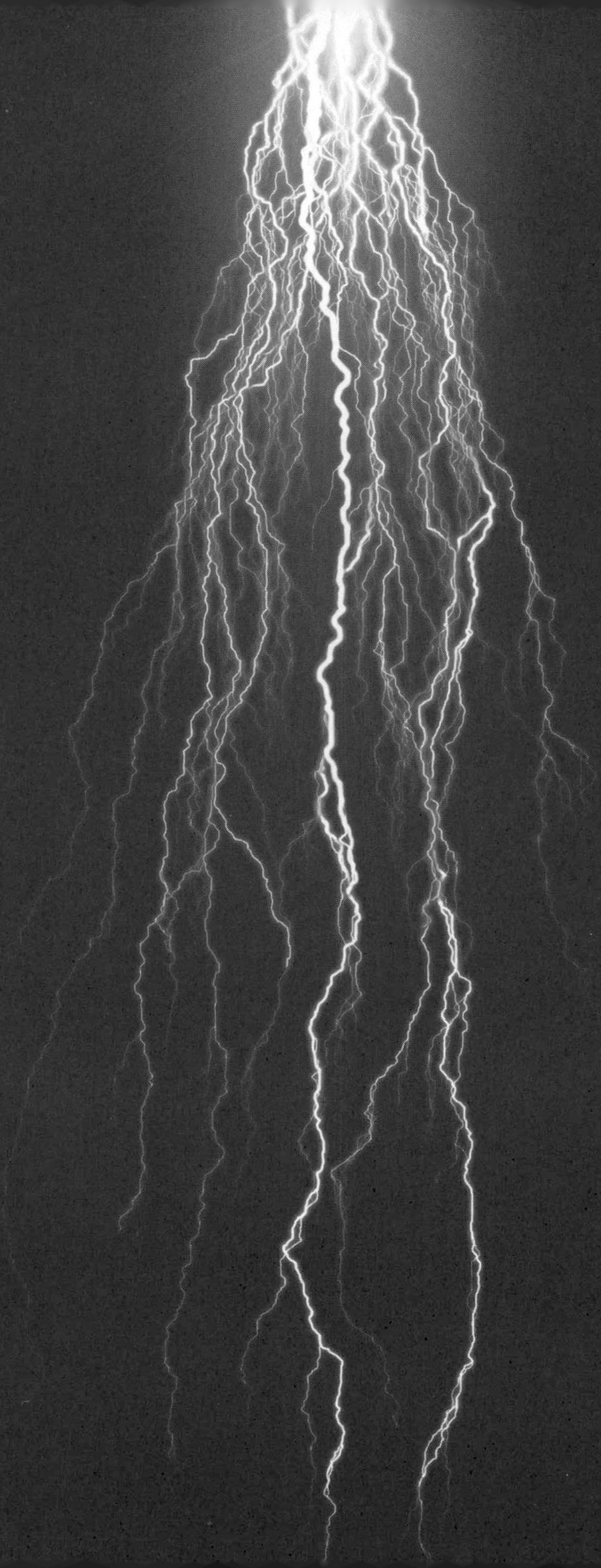

楔子

五千八百萬。

這數字代表什麼意思？

它可以代表財富流動的金額，它也可以代表一張鈔票上滋養的生菌數，甚至，它可以代表……地球上每一年平均死亡的靈魂數目。

五千八百萬個靈魂，在三百六十五天中去世，換句話說，每一天都有十六萬人闔上了眼，然後離開我們熟悉的人世。

這些魂魄，會前去各自的歸屬，其中數千萬人，會來到擁有無盡寬闊土地的十層地獄中。

要處理這麼龐大的靈魂數目，地獄政府於是開發了一套效能極高，能力極強的電腦，這台電腦設計者是地獄愛因斯坦，以及超過百位在人間就是赫赫有名的科學家，他們在生前就是各個時代的科學翹楚，如今在地獄，終於得以在同一場域，同一張書桌，同一個難題，共同激發創意。

於是，一台以愛因斯坦「靈電學」為基礎的量子電腦被開發出來了！它誕生的目的就是為了處理這每天十萬靈魂，十萬個複雜的人生故事。

將這些靈魂的資料登錄進資料庫，並根據這靈魂生前的事蹟，是善是惡是正義是邪

地獄之初

惡，製造成一份資料，遞送給地獄政府的判官，再讓判官進行審定。

判官則來自各大宗教文化，有中國神話中頭戴烏紗帽的黑面判官，有埃及神話中用秤和羽毛就能決定罪行的審判者，也有蒙眼，持劍，全身散發著剛毅氣息的正義女神。

但由於靈魂數目實在太驚人，地獄政府除了不斷透過教育訓練，增加判官人數，同時也透過靈電學電腦，把較平凡的案例，直接透過電腦判定。

這些平凡的靈魂，大多會進入地獄前五層，這五層宛如人類世界習慣居住的三大洋四大洲，有便利的交通，有人潮擁擠的城市，也有各式各樣的娛樂設施。

少數擁有特殊身分，特殊力量的靈魂，才會讓判官們進行繁複審判和討論，有的被放逐到地獄更深處，像是第七層的深邃樹海，第八層的地獄之海，第九層的極寒地獄，……不過事實上，也並不是只有罪人會到地獄底層。

進入地獄的眾多靈魂中，不乏勇敢的挑戰者，他們擁有強健的魂魄，高超的靈力，會進入更深層的地獄探險，他們被稱作是地獄旅人。

在審判制度中，為了給每個靈魂自新的機會，地獄也有「輪迴機制」，許多死亡的靈魂，有著未清償的宿願，或是背負特殊的任務，會再回到人間進行輪迴，地獄與人間，是彼此互通流動的。

面對如此龐大的靈魂流動，經歷了數千年的革新與精進，地獄政府已經很少會漏失靈魂的資料了，尤其是擁有特殊靈力，生前有奇特經歷的靈魂。

這些靈魂在人間之時，就有鬼卒定期追蹤，一旦死亡進入地獄，就會搭上一班名為地獄列車的班車，安穩的，健全的，沒有遺漏的，進入地獄政府的控管範圍。

而打造這個堪稱完美地獄體制的男人，正是不久前才被女神以一個溫柔擁抱，徹底擊潰的男人，蒼蠅王。

要讓這樣複雜的體制運作，蒼蠅王不會只有一個人，他手下有幾個得力助手，協助這巨大機制中的協調與運作，其中一個就是來自古老中國的鬼神，黑無常。

事實上，黑無常有一個煩惱，雖說人只要有意識就會有煩惱，而且日理萬機的黑無常煩惱肯定成千上萬，不過，這煩惱說大不大，說小不小，卻紮紮實實的掛在黑無常的心裡，讓他想對蒼蠅王開口，卻無法輕易說出口。

這煩惱，就是有個人，應屬特殊靈魂，應被特別追蹤，應被妥善安置，但偏偏卻……失蹤在這台量子電腦的紀錄裡！

只是地獄失蹤人口沒有百萬也有千萬，為何此人獨獨造成黑無常的煩惱呢？

因為，此人不只特殊，還是「約定之人」。

何謂約定之人？

就是，這是地獄政府與獵鬼小組達成的約定，若該組員能完成所有交付任務之後，在退休那一日，地獄政府會將此靈魂贖回，讓她回到組員身邊。

但如今她卻失蹤了，在這台能記錄上億筆資料，堪稱地獄史上最偉大電腦的資料庫中，她失蹤了。

黑無常翻閱電腦最後紀錄，她的確曾進入地獄，也曾在地獄第二層，第四層，第六層中出現過，而最後一次有人看見她，則是已經逼近了地獄的最深處，第十層附近，嘆息之壁前……

那短髮，高眺，揹著一台相機的背影，站在寬闊無盡的高大牆壁前，強風獵獵，其奇特模樣令旅人們深深烙印入心底……故被人用口語的方式，存入了地獄網路文章中。

只是，她最後身影的紀錄，卻僅止於此。

黑無常感到煩惱，因為，這人是約定之人。

此約定之人擁有特殊靈力體質，更引來各方神魔追逐，最後她為了自己所愛，將心臟留在狼人T的胸口，更締造出地獄遊戲中的「白狼傳說」。

此人之名，已然呼之欲出，僅有兩字，她……

就叫，西兒。

第一章　科博館，誰是誰？

一台黑色的瑪莎拉蒂，正以超過兩百的時速飛馳在貫穿台中的博館路，也因為它的異常高速，引得警車由四面八方聚集而來。

就算是已經破關的此刻，地獄遊戲內的警察怪物們仍堅持盡忠職守，要獵殺每個交通違規者到最後一刻。

但高速中，瑪莎拉蒂的門卻突然開了。

然後一個靈巧，快速，美麗的纖瘦身影，突然從門內竄出，以曼妙姿態，在數十輛極速的警車間自在跳躍。

每躍過一輛車，這身影手上就多了一根管子，而當車內的警察意識到那根管子是什麼時，車子引擎已然轟然冒火，然後四輪打滑，在馬路上急速迴轉數圈之後，撞入了附近的店家中。

接著，警察們慌張地從車內逃出，只見車子顫動了兩下，伴隨宛如噴泉般湧出的汽油，整個炸開。

「油管！」警察們狼狽地在火焰中逃竄，嘴裡嚷著那管線的真相，「竟然有人能在高速中，將我們汽車的油管拔掉！到底是誰？」

到底是誰？

當這纖細身影，越過數十輛車，最後又一個完美地往上後空翻，竟再次落回瑪莎拉蒂的車頂。

其動作，其姿態，其速度……不只強，更是美，美得令人目眩神迷。

然後，當她轉身，露出燦爛一笑。

這剎那，這些警察臉上的殺氣瞬間轉為癡迷，紛紛雙手抱胸，發誓從今天開始不幹人見人厭的地獄怪物，要好好當一名可愛又迷人的忠實粉絲。

如此強悍，如此可愛，如此令人迷戀，她又會是誰？她正是地獄中首屈一指的……暗殺女王，貓女。

「到了嗎？」貓女感覺到雙腳微微一晃，瑪莎拉蒂的四輪噴出炙熱的煞車煙，停住了。

「到了。」瑪莎拉蒂駕駛車門開了，一個低沉女音響起。

金髮，冷冽，豔麗，黑色長衣，她外型的味道與貓女截然不同，但，卻同樣令人心跳加速。

她，是獵鬼小組編號二號，吸血鬼女。

「那，我們就出發吧。」副駕駛座的門也開了，此刻出現的，縱然沒有兩大美女那樣讓人怦然心動，但此人全身卻散發著一種悠閒的氣質，彷彿他不在滿是警車殘骸的博館路，而是一人在山間小屋內，細細品茗著一壺熱茶。

這樣的氣質縱然不刺激興奮，但往往更令人神往。

他，是獵鬼小組編號五，也是剛剛經歷聖佛入魔，擊敗女神的英雄，少年H。

「我們，」貓女笑了，雙手一翻，亮出晶瑩白爪。「去救獵鬼小組一號吧。」

「嗯，順便把那個學醫學，學到發瘋的華佗……」吸血鬼女背後一對大翅膀往兩側展開，其威武之勢，宛如幽黑深夜籠罩了大地，「給徹底打扁吧。」

「等救到了一號，我們就去那個和狼人T約好的……」少年H最後開口，又是那熟悉且讓人放心的微笑。「約定之地吧。」

當吸血鬼女停好車，她忽然冷冷地說：

「嘿，有人來打招呼囉。」

說時遲，那時快，一根鋒利的箭，就從科博館的窗戶筆直射出，精準地釘入瑪莎拉蒂的引擎蓋。

而令人害怕的還在後面，因為車身一震，從被箭射穿之處，竟然立刻湧現扭動的章魚觸手，這些觸手巨大無比，到處亂抓，抓住了車身，不用幾秒鐘，整台車就被這些古怪的觸手抓到扭曲變形，然後整個吞噬掉。

「這是什麼箭？」貓女雙手抱胸，面露不屑。「怎麼搞得像是深海章魚？這樣的攻擊很醜耶。」

「這是華佗近幾年來在搞的花樣，」吸血鬼女苦笑，「講好聽一點是研究藥物科學，講難聽一點，根本就是在合成各種生物，而這把箭，也許上面已經被合成了深海章魚大妖吧？」

「嗯。」少年H抬頭，看著眼前這寬闊的科博館建築，沉吟半晌後，開口道：「這建築物挺大，儼然就是華佗的巢穴，必定佈滿陷阱，關於怎麼走，吸血鬼女，妳有想法嗎？」

「想法嗎?當然有。」吸血鬼女從懷中一掏，兩張紙分別射向了少年H和貓女。

少年H和貓女手一伸，輕巧夾住了那這張紙，仔細看去，原來是科博館的彩色簡介單。

「這是？」

「如果你們兩個沒跟女神打過，靈力沒有放盡，也許可以直接用『哆啦A夢之門』吞掉這間科博館，或是用『火太極』把這裡燒成灰燼。」吸血鬼女說，「但，現在你們力氣尚未恢復，我們只能按部就班來，首先，你們得熟讀這張單子，因為，上面就是這科博館的簡介。」

「嗯，和女神打過，力氣尚未恢復嗎？」聽到這句話，少年H和貓女不自覺互望了一眼，因為發現與對方的互望，兩人又禁不住臉上掛上了微笑。

是啊，他們可是才擊敗了傳說中的女神，雖然驚險，更讓他們靈力放盡，卻是他們兩人，清楚感受到對方心意的一役。

吸血鬼女說得沒錯，沒有靈力有沒有靈力的戰法，那就是必須遵循吸血鬼女的戰術規劃與事前準備，而戰術基礎就在這張科博館的簡介上……

「這座科博館，全名叫做『自然科學博物館』……」吸血鬼女比著手上簡介單，「它於西元一九八八年完工對外開放，共有四個廳，分別是『生命科學廳』、『人類文化廳』、『地球環境廳』，還有……『立體劇場』。」

「生命科學廳？」貓女看著簡介，接著說：「哇，這展場內展的是恐龍化石，植物化石，地球最古早的微生物，和這些上億古生物相比，我五千年的歲數好年輕。」

「五千年？好年輕……？」吸血鬼女差點沒有翻白眼，但隨即忍住，「第二廳是人類文化廳，這裡有著人類文化的演進與紀錄，從漁獵農耕、醫藥文化、建築工藝，這一廳都詳實地記錄著。」

「嗯，人類文化廳啊。」少年H微笑，「剛剛的生命科學廳是這一億年來的生物演進，到了人類文化廳則觀察的鏡頭縮小，縮小到人類的部分嗎？」

「從生命到人類，你猜猜第三廳是什麼？是地球環境廳喔。」貓女說，「這裡的簡介用一張衛星雲圖，拍的是由宇宙俯視地球的樣子，這一廳想說什麼呢？」

「自我反省吧。」少年H點了點頭，一笑。「人類探討了生命的起源，驕傲於自己的歷史演進之後，開始注意到環境了，這滋養所有生命的地球，究竟在這幾億年發生了什麼變化？於是，有了第三廳地球環境廳。」

「聽起來，這館當初的規劃者，很有理念呢。」貓女點頭。「那你猜猜第四廳是什麼？」

「是什麼呢？」「非關生命、文化，與環境，它其實是一座巨大的電影院，它是立體劇場。」貓女比著傳單的右下角。

「立體劇場？」

這時，又換到吸血鬼女說話了。「這讓我來解釋一下吧，這可不是一般的電影院喔，它有三百六十度的環繞型螢幕，配上座位的空間設計，以及影片拍攝的手法，會讓觀影者有著強烈的立體體驗，這第四廳，放下了前三廳冗長的說教味道，決定更貼近觀眾視角的立體影像，直接來呈現自己的理念。」

「嗯，這館在台中屹立數十年而不搖，成為台中無可取代的地標，果然有些門道。」少年H點頭。「聽過這四廳，我想我已經懂了，吸血鬼女妳為什麼要在進入館內前，花時間對我們介紹此館的四個廳了？」

「喔，為什麼？」吸血鬼女高深莫測的一笑，「你猜到了？」

「當然，」少年H回應吸血鬼女，也是一笑，笑得爽朗。「這四個廳有什麼特質，對我們很重要，因為它們就代表了四種……戰場！」

四種戰場？

過去戰場有叢林、高山、溪湖，甚至是天空，會對不同屬性的戰士產生差異，但這一次，卻是生命科學、人類文化、地球環境，甚至是立體劇場，這樣完全另類的戰場歸類方式，會怎麼樣大幅影響戰鬥方式呢？

少年H一時間想不通，卻能隱隱感覺到其中的風險。

尤其是越有理念的規劃者，往往越能創造出越極致的戰場形態。

「戰場，對！H啊，你實在聰明到令人討厭哩。」吸血鬼女笑著搖頭。「那你猜到，羅賓漢J究竟被華佗藏在哪一廳了嗎？」

「猜不到。」少年H搖了搖頭。「我的聰明不到未卜先知的地步。」

「我也是，就算動用所有的情報網，我也無法查出真正的羅賓漢J到底藏在哪？」吸血鬼女嘆氣，「為此，我只想到一個搜尋的方法……」

「什麼方法？」

「那就是交給運氣吧。」吸血鬼女甜甜一笑，把手上簡介單往上一扔，然後右手吸血鬼女之爪輕輕一劃，簡介紙頓時被切成四張。

四張紙冉冉飄落，先伸手的是少年H，他接住然後紙面一翻。「第三廳，地球環境廳。」

「第一廳，生命科學廳。」貓女也夾下了一張紙。

第三個出手，也是區分條件者，吸血鬼女優雅地拿下了一張紙片，然後往前翻開。「第二廳，人類文化廳嗎？」

而始終沒有被人取下的第四張紙條，被少年H接住，「最後剩下的是立體劇場，那我們就各自前往自己的廳，最後再一起到……」

「立體劇場會合？」貓女接口。

「正是。」少年H仰起頭，注視著這座白色，巨大，散發著嚴謹科學氣息的科博館，此刻館內到底有多凶險的陷阱在等著他們呢？「華佗巢穴，我們來了。」

「走吧。」三個人在此地散開，有如三條筆直的線，奔向了自己的目標。

只是，他們沒注意到的是，當他們邁步奔跑的同時，這座白色的科博館，竟也像是生物般，微微蠕動了一下，彷彿，一隻飢餓已久的曠古魔獸，終於等到了牠垂涎多時的食物……

戰鬥，就要開始了。

這裡，是第二廳人類文化廳。

此刻，此廳的燈光被切斷，廳內是一片死寂般的漆黑。

而黑暗中，吸血鬼女來了，她踏著優雅且無聲的步伐，宛如影子般隱入黑暗的大廳中。

只是，當吸血鬼女以為鬼魅行蹤不被發現時……一眨眼，迎面而來的，竟是數十道鋒利的箭影。

「嘿，這點攻擊，還動不了我們獵鬼小組喔。」吸血鬼女淡淡一笑，右手呈爪形，用力橫掃。

刷的一聲，爪子夾著吸血鬼女淬鍊數百年的靈力，頓時將數十道箭影全部切斷，鏘鏘鏘，全部落在地上。

不過，偷襲之箭才被擊落，數十個箭手已經如游擊隊般在黑暗中竄出，他們身形交叉掩護，手上的弓，則如連珠砲般不斷射出羽箭。

配合他們高速的交叉移動，數十把箭頓時組成一波角度刁鑽，數目眾多，極具危險的箭浪。

箭浪在黑暗中翻湧，就要將吸血鬼女淹沒，一旦淹沒，恐怕只剩下串燒蝙蝠了。

「比起上一次略嫌單調的偷襲，這一次的確有點意思。」吸血鬼女依然悠閒，而這一次，她不再使用雙爪，而是微微抬起了大腿。

就在箭浪抵達之時，她身體一轉，融合了體操力與舞蹈美的迴旋踢，在空中劃出了一個無懈可擊的半圓。

半圓與箭浪在空中激烈碰撞。

浪碎，箭斷，斷成滿天亂飛的殘枝敗羽，散落回黑暗之中，當然無法傷害吸血鬼女分毫。

「還太淺喔。」吸血鬼女踢完迴旋踢，悠然落地，「別忘了，我可是全身上下都是兵器的吸血鬼女呢。」

不過，當吸血鬼女落地之時，她感到周圍的黑暗，陡然緊繃了一下。

這份緊繃之氣，應該來自於距離。

那幾十名箭手，又更靠近吸血鬼女了。

已經近到，足以生死相搏的距離。

古往今來的戰場上，射箭者的鐵則，就是保持距離，因為箭是長距離武器，一旦縮短了距離，會立刻讓射箭者陷入險境。

將自己的距離優勢完全取消，通常只代表一件事。

那就是殊死戰的決心。

而這樣的決心換來的威力，更不可小覷。

因為箭距離變近，那等於射到對方的時間將會急遽縮短，這麼短的距離下，絕對是雙方分出生死的瞬間，不是被箭貫穿腦門，就是射箭者被對手當場撕裂。

黑暗中，緊繃的氣氛一閃而逝，緊接而來，是壓力更加高張的出箭時刻了。

箭，射出了。

幾十把箭，在只有十餘公尺的距離下，全部集中向了吸血鬼女。

這次不是箭雨，也不是箭浪，而是箭之火山炸裂了。

吸血鬼女連呼吸的時間都不到，就看到眼前佈滿了箭，箭的軌道看似凌亂，實則佈局精準，分別瞄準了吸血鬼女的左手、右手、左腳、右腳、腹部、胸口，以及吸血鬼女的眉心中間，也就是最重要的腦門。

如果這些箭真的都射中了吸血鬼女，不消說，吸血鬼女絕對會變成牙籤蝙蝠，被很多牙籤穿過去，連吃都不知道怎麼吃的蝙蝠。

「有點意思，但你們可能弄錯了一件事，那就是，」吸血鬼女雙手抱胸，身體往前微弓，然後，她的背，纖細修長的背……

一團黑色火焰，猛然炸開！

黑色火焰，是一對翅膀。

宛如染了黑色烈焰的大斧，從吸血鬼女的纖細美背，猛然高竄而出。

緊接著，雙斧開始揮動了。

幾十把箭，像是陷入時間暫停的陷阱般，同時被切斷，不只如此，更被黑色大斧捲起的風給急捆而去，甩上了天空，登登登登數聲綿密急響，所有的斷箭都插上了天花板。

也就在射箭者驚駭於自己最後武器，竟被如此輕易破解的同時，吸血鬼女穩穩的往前踏了一步。

這一步，代表的是背後的大斧，也即將轉守為攻，化成飢餓巨蛇，張牙就要朝眼前射箭刺客，直咬而下。

「咦？」所有刺客，幾乎只能睜眼，張口，等待死亡的同時，吸血鬼女倒是咦了一下。

「你們每個人的臉，怎麼都和羅賓漢J一樣。」吸血鬼女笑，「長得像我隊長未必是好事，你知道，每個人都很討厭自己老闆啊！」

說完，高舉的斧頭，有如一筆墨線，直直而下。

下一刻，當吸血鬼女悠然的收回了雙翅，耳邊只有一串砰砰砰砰砰，重物墜地的聲音……

墜地的重物，正是人的頭顱，圓鼓的頭蓋骨，撞入科博館人類文化廳的地板上，發出清脆，響亮，卻也悅耳的撞擊聲。

其中一顆頭顱，有著羅賓漢J的五官的頭，不斷的滾著，滾著……一直滾到吸血鬼女的腳邊，才被吸血鬼女一腳踩住。

她的腳，剛好碾在羅賓漢複製人堅挺的鼻子上，然後，她笑了。

「我也是一個熱愛戰術與陷阱的人。」吸血鬼女笑著，「第一波攻擊乍看下凶狠，事實上卻像極了誘敵的前菜，後面的主菜呢？為了不浪費彼此的時間，請直接上菜吧。」

請上菜吧。

吸血鬼女此話剛落，忽然，眼前這座人類文化廳的每一個角落，櫃子邊，柱子旁，二樓樓梯口，以及整排挑高二樓，每一個原本應該空無一人的角落，此刻卻都……

出現了冷冽的閃光。

這冷冽光芒，是來自箭鋒的反光。

「十，二十，三十……六十，八十……一百，一百五十，兩百……三百，四百……」吸血鬼女眼睛瞇起，嘴裡則慢條斯理地數著。「哎啊啊，真不愧是主菜啊，這裡有四百四十三個……獵鬼小組的隊長羅賓漢J嗎？」

這些羅賓漢J複製者沒有說話，只是所有人的嘴角，都在同一時間揚起。

然後，所有人的手指，都在這一瞬間，離開了弓弦。

四百四十三把箭，挾著四百四十三股靈力妖氣，組成無堅不摧，足以把大地生靈全部覆滅的生化飛彈，朝著吸血鬼女一層一層地落了下來。

第一次，吸血鬼女收起了笑容，昂起身子，雙爪伸出，背後升起兩道宛如大斧大旗的黑色翅膀。

她沒打算躲，她打算正面迎擊。

「來吧！」箭雨中，吸血鬼女朗聲大笑，「讓我來猜猜看，羅賓漢J的本體是不是在這裡？我、少年H、貓女三個人之中，究竟誰猜中頭獎吧！」

說完，箭到了。

四百四十三把箭，分毫不差的抵達目標，暴力的妖靈之箭全數炸開，將這座人類文化廳，連同吸血鬼女豪氣的身影，徹底吞噬！

場景，換為第一廳，生命科學廳。

當貓女來到這一廳，映入她眼簾的，是一尊又一尊栩栩如生的恐龍蠟像，其中一尊以原比例製作而成的暴龍像，更讓她忍不住低聲讚嘆。

「這間科博館，創館三十年，雖然和我活了五千年的歲月相比，是年輕了些，但內容物倒是挺有料的嘛。」貓女讚許，一邊踩著貓才有的無聲步伐，毫無破綻的往前走去。

只是，這裡和吸血鬼女的人類文化廳不同的是，一直到目前為止，貓女連一個刺客都沒有碰到……

潔白明亮的展館，空蕩蕩的，一個敵人都沒有，只有幾乎不可聽聞的空調排氣聲，還有貓女自己，那靜謐到像是不存在的腳步聲。

「所以這一廳，會是空的嗎？」貓女仰頭，閉目，傾聽。

然後，在這片極度的靜謐中。

貓女的嘴角，微微的，揚起了。

「好朋友，明明就在，怎麼不露面呢？」貓女一個回身，那靈活矯健到極致的身體，像是一個彈簧，突然往後彈去。

彈向了一個看似無人的位置。

然後，貓女雙爪同時亮出，曾切斷無數成名大妖咽喉的鋒利爪鋒，朝著那空無一人的地方，狠抓了下去。

但，爪上的感覺，卻讓貓女的眉頭微微皺起。

因為，爪上的感覺，是空的。

那只是劃過空氣，令人感到無奈的空虛感。

是真的沒有人？還是……

「不，是躲掉了？」貓女雙腳站定，然後不疾不徐的轉身，此刻的她感到全身殺氣勃發，那是全力戰鬥的姿態。

一定要全力戰鬥！是因為貓女明白了這位刺客的等級……

這位刺客，沒有隱形，更沒有借助任何的靈術，就這樣無聲無息的躲掉了自己的突襲。

這表示……

這人無論是誰，都有和貓女相同級數的殺人技巧。

而且，貓女更感覺到與自己有點類似，甚至更勝一籌的野獸氣息。貓，已經是自然界中最輕盈敏捷的動物了，如果對方還勝過自己，會是什麼動物？

「真好。」貓女笑了，笑得開心，笑得燦爛，也笑得殺氣騰騰。「看來，我們可以不用靈力，只靠體術，好好地打上一場了啊。」

此地，是地球環境廳。

這一分鐘，踏入這裡的人，是少年Ｈ。

他摸了摸自己的頭，笑了，自言自語地說：「對了，忘記和聖佛一起入魔的時候，都沒有頭髮了，這樣摸頭，什麼都沒有摸到，感覺真有趣。」

相較於前兩個廳人類文化廳和生命科學廳，這一廳顯得樸實寧靜，沒有精緻的微型建築，沒有讓人懷想的考古遺跡和醫學紀實，更沒有壯麗巨大的恐龍骨骼。

這裡很樸實，但卻也很真實，因為地球環境廳想闡述的理念是我們的母親，地球。

孕育我們生命，滋養我們生存的母親地球，其實就是這麼寧靜，也這麼樸實。

一顆大地球，衛星雲圖，沉默的礦石……就幾乎是這一廳的全部。

走在這片樸實中，少年Ｈ看見了他。

羅賓漢Ｊ。

一個人，背上沒有長弓，穿著剪裁合宜的黑色西裝，頭髮整齊地往後梳，配上俊俏的臉和招牌的小鬍子，正雙手負在背後，專注地看著展覽的地球，這個人的外型與衣著，帥到連男生都會怦然心動。

少年H淡淡一笑，姿態大方，毫不畏懼的朝那位羅賓漢J走去。

「嗨。」羅賓漢J眼睛瞄見了少年H，右邊嘴角微揚，又是一個令人著迷的笑容。

「嗨。」少年H來到這位羅賓漢J的旁邊，一同注視著這顆懸浮在空中的地球投影。投影中，深藍色的球體，正優雅而緩慢地轉動著。

「地球，真的很美，對吧？」羅賓漢J雙手負在背後，嗓音低沉。

「是啊。」少年H也靜靜地看著這顆地球。「由外而內俯視這顆地球，真美，這些海洋，這些陸地，我們的母親地球，真的好美。」

「是啊，地球之母已經存在四十六億年了，它滋養無數的生命，這些生命從地球上誕生，成長，然後傳宗接代，到最後死亡，全部都在她身上，生命仰賴著地球而生，地球也安穩的轉動著，原本這樣的狀況可以再存續數十億年……直到，人類的出現。」

「嗯。」

「挖山，填海，製毒，大量的工業便利了自己的生活，卻也不斷抽取地球之母最根本的能量，如今，地球已經開始枯乾，氣象異變，地震山崩，地球之母的面孔將由慈祥溫和轉變成憤怒猙獰。」羅賓漢J嘆了長長一口氣，「不知道人類是否有所覺悟？」

「我想，會吧。」少年H帶著歉意的一笑。「的確有些人，正在做些什麼呢。」

「嗯，就怕，太遲了。」羅賓漢J注視著那枚大地球，閉上了眼。

「呵，聽你剛剛這樣談，我想……」少年H淺淺一笑，「你應該不是我認識的那位羅賓漢J的本體吧。」

「是啊，少年H果然不負盛名，夠聰明。」這位羅賓漢J回以一笑，「容我自我介紹，我是羅賓漢J編號第2373號。」

「2373……」少年H點頭，「華佗製造的羅賓漢J複製人數目可真是嚇人啊，冒昧問一句，華佗到底製造了多少羅賓漢呢？」

「就我所知，華佗製造的羅賓漢J，就剛好是兩千三百七十三個……」這位2373號羅賓漢說。

「啊，你是最後一個？怎麼會停在這麼奇怪的一個數字上呢？」這數字激起了少年H的好奇心。「華佗的複製人技術應該不斷精進，也許應該以一個整數為目標，例如一萬？」

「你想知道？」羅賓漢轉過頭，看著少年H，嘴角揚起。

「想。」

「如果我說，華佗製造了第2373號之後，發現下一個羅賓漢再怎麼改進，都無法超越2373號，於是就停在這個號碼上……你相信嗎？」

「喔。」少年H注視著眼前帥到逼人的羅賓漢J，他沒有正面回答這2373號的問題，「華佗有將近三千個羅賓漢J，我們一路上也算是碰過不少，不過，這偌大地球環境廳，卻只有你一個？」

「對，這裡只有我一個，」2373號羅賓漢回視著少年H的眼神，「因為，多也沒用。」

「所以，你剛說的那件事，應該是真的吧。」少年H目光直直回看2373號。「你是華佗的最後一號。」

「不一定，也許我在說謊。」2373號臉上浮現霸氣十足的笑。「我期待你，親手證明這個假設。」

「聽你這樣說，我也，」少年H一手負在背後，另一手做出了邀請的姿態，這姿態深沉穩重，宛如泰山臨淵，這表示少年H一開始就沒打算保留實力。「開始期待了起來。」

2373號則昂起頭，全身靈氣越來越強，強到周圍空氣都幾乎凝結，而同時他背後那枚懸空的地球投影，卻莫名地開始加速轉動，越轉越快，越轉越快，快到已經分不清楚何處是大陸，何處是海洋。

然後，少年H只覺得整個廳燈光一暗，不，不是燈光暗……

少年H仰起頭，臉上向來輕鬆的微笑，也不自覺的僵硬了。

因為大廳的天花板上，竟然佈滿了濃濃的烏雲，厚重烏雲之間，不斷爆閃出的是凶暴的雷光。

「吾乃2373號羅賓漢J。」而此刻，那名羅賓漢J聲若雷鳴，盪人心魄，「乃是華佗取下雷神，雨神，風神，大地之神，所融合之體。」

雷神？雨神？風神？大地之神？少年H聽到這，咽下了一口口水，哎啊啊，所以他的對手是氣候之神嗎？

此刻的自己，在完全無法使用靈力的狀況下，這一場仗，要如何打呢？

少年H尚未想出解答，佈滿濃雲的天花板，已經發出一聲震撼人心的悶響，悶響中，一道金白色的猛雷，穿出了雲層，挾著萬鈞之威，朝著少年H猛劈了下來。

就算完全不知道該怎麼戰鬥，但這場與氣候的戰鬥，已然開始！

就在少年H，吸血鬼女和貓女，三人深陷科學博物館，與數千名羅賓漢J混戰之際……最後一個獵鬼小組成員呢？

他像是垃圾般被扔在火車站附近的暗巷旁，胸口破了一個大洞，洞內該有的心臟已被掏空。

他呼吸早已停止，眼睛圓睜，手上還握著一支手機。

手機螢幕上，則是他數分鐘前，擠出僅存的生命力量，才寫出來的訊息。

「**我是狼人T，快，一定要湊齊獵鬼小組！撒旦，他已經進去夢幻之門了！**」

這具殘缺的屍體是狼人T，是他在臨死前將訊息發給了少年H等人，而他胸口的那個大洞，則是因為他的心臟被撒旦整個挖下來，當作通往夢幻之門的鑰匙。

只是奇怪的是，沒有了心臟，停止了呼吸，已經成為一具醫學判定的屍體後，在這遊戲中不是早就該化成一堆道具嗎？

但，狼人T的軀體卻仍完整，是因為他真的沒死？還是地獄遊戲的規則中，判定狼人

T並未真的死亡？那宛如一條細長絲線，將狼人T靈魂拉住的「東西」又是什麼呢？

到底是什麼，擾動了地獄遊戲的法則？

事實上，是靈魂的溫度。

雙目圓睜，胸口心臟被掏空，呼吸停止，等同死亡的狼人T，靈魂竟然還擁有著隱隱的暖度。

為什麼？

地獄遊戲偵測到的，究竟是什麼？

事實上，那溫度來自一個擁抱。

是一個比什麼都輕柔，卻又比什麼都深刻的擁抱。

正擁抱著狼人T重傷到無以復加的軀體。

這擁抱極度的輕，極度的不明顯，但卻又真真實實的存在，因為擁抱者其實是一抹靈魂，這靈魂正溫柔地擁抱著狼人T的靈魂。

因為這靈魂的擁抱，讓狼人T原本枯乾的靈魂，有了反應，就算身軀早已無法動彈，他的靈魂卻掙拖了軀體，只為看清楚，究竟是誰在此時此刻，出現在這裡，用這麼獨特的方式，來維繫他的生命。

不只如此，狼人T不懂的是……又為何，這擁抱如此的熟悉，如此溫暖，溫暖到狼人T當感受著這擁抱，就禁不住想要流淚，彷彿期待了好幾百年，在這百年間每個不眠的夜，狼人T都在等待著這一個擁抱。

然後，狼人T看到了她。

狼人T忍不住咧開嘴，笑了。

是的，是她，真的是她。短髮，高眺，俐落衣著，胸口掛著一台相機的女孩，正輕柔地躺在狼人T身上，擁抱著狼人T。

「啊……啊……」狼人T嘴巴張得好大，好大，大到他發不出任何聲音，但是任何聲音，都無法表達狼人T萬分之一的心情。

因為，這女孩，就是這女孩……勇敢大膽，在濃霧的夜晚，追逐開膛手傑克的行蹤。也是這女孩，在狼人T被開膛手傑克所敗，幾乎喪命之際，奉獻出了自己最珍貴的生命之源，心臟。

「噓……」那女孩微微抬起頭，和狼人T的目光相對，目光中，盡是狼人T熟悉無比的古靈精怪。

「噓？」

「是啊，」那女孩笑起來，也同樣調皮可愛。「要安靜，不要說話，說話就壞了此刻的氣氛了。」

「……」狼人T笑了，閉上眼，輕輕吐出了一口氣，再次躺回了自己的位置。

此刻，不管是真，是假，是現實，抑或一場夢。

都好。

都很棒，都棒呆了，都他媽的感謝老天。

因為，他終於見到她了，就算要死，就算即將魂飛魄散，也滿意了。

「我知道你重傷沒辦法說話，所以……先聽我說喔。」那女孩聲音從狼人T的耳中傳入，清脆悅耳，與三百年前一模一樣。「我的心臟，能夠打開空間，你應該知道吧？」

「嗯。」

「撒旦拿我的心臟當作鑰匙，打開了夢幻之門。」女孩溫柔地說著，「所以害你的心臟被掏出來了。」

「嗯。」狼人T閉著眼，這些他都知道，但他不怪撒旦，因為若沒有撒旦，就沒有狼人T盼了百年的此時此刻了。

「但，事情還沒有結束。」女孩說。「我心臟在你體內已經百年，我們彼此的血液透過層層疊疊的血管，早已互相融合，許多細胞從心臟離開，也散落在你體內各處。」

「所以……」

「要打開夢幻之門需要消耗極大能量，所以撒旦只能拿我的心臟打開一次，同樣的，留在你體內的力量，也只能打開一次。」女孩說。「所以，你一定要把握這唯一的機會……」

「嗯。」

「所謂把握，就是務必找齊所有的獵鬼小組成員，也就是五個人。」女孩說，「就算無法真的達成，也要找到曾經被所有獵鬼小組隊員認可的替補隊員，例如貓女，好嗎？」

「嗯。」

「我知道，你還有很多問題想問。」女孩再次把臉側靠在狼人T的胸膛上。「但我能維持形體的時間有限，所以真的不能再多說了。」

「嗯。」狼人T沒有問，他原本不是一個話多的男人，尤其在……這個女孩面前，他一直都知道，安靜聆聽與守護，是他最喜歡和這女孩相處的模式。

「最後，如果你想知道更多。」女孩把整張臉都埋在狼人T的胸膛，聲音與呼吸都讓狼人T的胸膛感到暖暖的。「通過夢幻之門後，就來找我吧。」

通過夢幻之門後，來找我吧。

通過夢幻之門後，來找我吧。

通過夢幻之門後，來找我吧。

「通過夢幻之門後！一定會去！找妳！」狼人T突然大吼，吼聲之壯烈，完全不似一個已如屍體般的人，更因為他吼聲的氣勢，讓小巷中原本凌亂的紙屑同時飛起。

紙屑貼附於牆壁之上，在狼人T瘋狂回復的靈氣擠壓下，竟啪啪啪數聲，全部陷入了牆壁之中。

在這幅奇異的畫面之下，狼人T，緩緩地站起來了。

胸口依然帶著黑色的大洞，長髮依然野性而帥氣，目光依然凶狠如野獸。

他，回來了。

獵鬼小組四號，狼人T，曾經硬吃下聖佛一掌的他，回來了。

「我一定會去找妳的，等我。」狼人T全身散發如野獸般的猛烈殺氣，「西兒。」

西兒。

在張揚狂暴的野獸殺氣中，卻隱隱可見狼人T的雙頰上，輕輕滑過兩條透明的水紋。

那是想念的淚。

也是承諾的淚。

更是英雄的淚。

在淚水中，狼人T開始邁步狂奔，因為他知道，獵鬼小組此刻非常需要他，需要他體內殘留的西兒靈氣，才能打開……破關者的禁忌之地，夢幻之門！

第二章　是他「們」

科博館，人類文化廳。

箭如暴雨，傾盆而下，下在同一個目標之上。

那目標，黑衣飄飄，時而靈巧，時而迅捷，穿梭在一陣陣暴雨之中。

箭鋒含毒，且此毒注入生化妖氣，稍微碰觸，毒氣就會滲入肌膚之中，化成一灘無救爛泥。

箭雨乍看之下凶險，但黑影卻絲毫不露驚惶，不只如此，她一邊挺進，一邊在暴箭雨中逼近每個弓箭手，然後手一抓，像是摘菜瓜般，將其頭顱抓下。

一直前進，一直抓頭顱，抓完隨手往旁扔去，吸血鬼女轉眼間，已經繞了人類文化廳大半圈，地上滾落著羅賓漢的頭，也已經排滿了大廳的角落。

不只是吸血鬼女的手而已，她的雙翅更在箭雨中展現其暴力美學，它利如斧薄如紙，自在彎撓，一收一放之間，就拾奪下一個狙擊箭手的頭顱。

這些面貌都完全相同的羅賓漢J狙擊箭手們，一箭一箭放著，箭雖快，箭雖毒，但就是碰不到這黑影半點衣角。

「人類文化廳，只有這麼一點能耐嗎？」黑影笑了，她的笑容嚴肅中帶著其獨有的冷豔。「這樣也能當一館？」

但，她的話才說完。

忽然，她發現她面前的那把箭，有了些不同……

箭鋒，正當吸血鬼女頭輕輕一側，要以舉重若輕的姿態躲掉這箭時，錚的一聲，這箭竟開起花來。

開起花來？

是的，那銀亮色的箭鋒，像是一朵春日下綻放的銀色玫瑰，數十枚小箭有如片片花瓣，在吸血鬼女的臉旁，開起花來。

「險。」吸血鬼女瞬間呼吸微微暫定，這麼近的距離，這麼綿密的攻勢，這麼短的時間……

但，她可是吸血鬼女。

她轉頭，金色長髮甩動，以全身都是凶器著名的她，絲絲金髮，被灌注上濃烈強大的靈氣，雖然乍看之下柔軟滑順，卻強韌霸氣如金刃之風。

金刃之風掃過，驚險打下了逼近的銀色小箭鋒。

箭鋒墜落，吸血鬼女才要喘口氣，她赫然發現，她的面前，那有如暴風般的箭雨，竟然同時，開花了。

百個銀色箭鋒，同時間綻放成百個銀色花瓣。

百的一百倍，那是一萬啊。

萬朵銀花，萬根劇毒，在這一瞬間，在吸血鬼女面前，華麗且戰慄地綻放了。

同時，吸血鬼女大笑。

外表向來冷靜精密的她，難得如此大笑。

「人類文化廳啊人類文化廳，果然是人類啊。」吸血鬼女大笑著，「計中計，陣中陣，就是要致人於死！不愧是我熟悉的……人類啊！」

死了嗎？

吸血鬼女死了嗎？

銀色狂暴箭雨落盡，滿目瘡痍，當所有的羅賓漢J射手都不自覺地放下了手上的長弓，抬起頭，試圖看清這片煙塵中，他們所狙殺目標的下場之時……

他們卻感覺到了一陣風。

涼涼的，香香的，還有一點讓他們心醉的女子氣味……

接著，這間人類文化廳，創下了它創館以來的一個紀錄。

這是絕對可以登上金氏世界紀錄的一個畫面，叫做「同時間有最多的頭顱，在地上滾動」。

三百餘個頭顱，三百餘個混著心醉與驚駭的神情，三百餘個一模一樣的羅賓漢J臉，如今，像是被一桿打亂的九色撞球，在球檯上胡亂滾動。

而那顆將所有色球都一鼓作氣打亂的母球，自然就是在館部中央，居高臨下俯視這些頭顱的美麗殺后。

她伸出了豔紅之舌，輕輕抹過剛剛嘴裡那逆轉一切的武器，那武器，是一對牙。

吸血鬼之牙。

這對牙，表面發著燦爛銀白光芒，弧度優美，尖端鋒利如針，據說道行越高的吸血鬼，其牙呈現的色澤越美，如今吸血鬼女的這對利牙，早已脫離其可怕形象，化成令人嚮往的藝術品。

在此牙之前，任何生化毒箭又如何造次？

「說到毒這個字，」吸血鬼女淺淺地笑著，這一抹笑，冷靜高傲中帶著讓人俯首稱臣的魅力。「你怎麼敢在用毒的老祖宗『吸血鬼之牙』之前？」

是的，就是這牙。

一剎那綻放的吸血鬼靈氣，讓所有的劇毒銀箭都因此折腰，扭曲，變成一根廢物。

不過，就算擊潰了這些銀花，吸血鬼女卻依然立於館中的半空中，她沒有動作，因為她知道，剛剛暴雨中炸開的銀花小箭，不會是此館的最後防線。

不然，也太辜負科博館中三大館之一的人類文化廳之名了。

「還有吧？」吸血鬼女冷笑著，「如果這就是你們的最後攻勢，就太辜負我對『人類』這生物的認識了。」

然後，吸血鬼女的嘴角微揚，她聽到了聲音。

又是暴雨即將來臨的聲音，箭雨又來了。

第二波上百名羅賓漢J又從四方角落湧現，拉弓端箭，化成暴亂箭雨，朝著吸血鬼女而來。

「只有這樣？」吸血鬼女動都沒有動，只是睥睨著這些暴雨之箭。「這些箭我可是連打牙祭都不夠。」

就在吸血鬼女說完這句話，箭雨中，銀花中，有了異狀。

一柄箭，又粗又大，宛如支撐建築的橫樑之柱，統領大軍的至尊大將，佇立獸群中的雄獅，俯衝而來。

「這就對啦。」吸血鬼女再次咧嘴笑了，她正享受著戰鬥迷人的快感，那兩根鋒利至極的吸血鬼之牙，閃爍迷人銀藍光芒。「我們就在這一次，直接分出勝負吧，你沒兵了，而我沒時間了，我們也算是半斤八兩啊。」

巨箭來了。

而吸血鬼女也張開了嘴，吸血鬼之牙湧現狂暴靈氣，朝著巨箭咬了下去。

人類文化廳的激戰，在此刻，終於到了最高潮。

生命科學廳。

此廳，一個身影正在如閃電般高速移動，窈窕纖細，又精悍且充滿力量，她是貓女。

獵鬼小組六號，沉睡在黑暗中的頂尖刺客，貓女。

她一個人在這寬闊的生命科學廳中，看似瘋狂且毫無章法地奔跑著，乍看之下情景荒謬，但仔細端詳，卻可見她的跑法中隱隱帶著章法，那是最短，最精準，且帶著某種追逐動機的跑法。

那問題在於，貓女，究竟在追什麼？

這世界上，還有什麼生物，足以讓貓女卯足全力奔跑，而且，看樣子還追不到……

「你到底是什麼？」貓女邊狂奔邊低語，「當今生態系中，能讓老娘全力狂奔的生物，應該不存在才對？你到底是什麼？」

氣息，細微的聲響，眼角一閃而過的影子，甚至是直覺，貓女知道，她一定在追逐著什麼，一定有什麼快到讓人屏息的生物，正棲息在這神祕的生命科學廳之中。

在這驚人的高速追逐中，貓女忽然感覺背脊微微泛起涼風，這一涼，讓貓女忍不住伸手往背後一摸，這一摸，讓貓女頓時倒微吸了一口氣。

因為，被割破了。

那背後的涼意，來自身後衣服的破碎。

而這破碎，是『牠』割的。

是這個棲息在生命科學廳之中，快到貓女無法追擊的『牠』所割的。

那個『牠』，不只讓貓女無法追擊，竟然還有餘裕，繞到貓女背後，劃了她衣服一爪。

「吼。」為此，貓女終於微怒了。

當今生態圈中，動物速度以荒原獵豹為首，而貓女與獵豹同屬貓科，換句話說，貓女身上正流著和速度之王相同的血。

但，速度之王，怎麼會輸？

帶著這一份自尊被羞辱的怒意，狂奔中的貓女，知道自己要突破現在的速度，必須冒個險，必須有所取捨。

於是，她緩緩吸了一口氣，然後把眼睛閉上了。

這一閉，不就什麼都看不到了嗎？貓女要捨棄五感之中的視感？這樣還能跑嗎？

答案是，可以。

因為她是貓女。

當貓女閉上眼，讓高速的自己，陷入一片漆黑之際，貓女所擁有的另外一覺，將被逼入絕境而取代視覺。

那就是「直覺」。

直覺，如此抽象，如此模糊，如此危險讓人無法依賴，但卻是讓貓女追上「牠」的最終武器。

因為視覺，說穿了，是空氣中的光線打到了物質，透過光反射出物質的形狀，之後光送入人眼，人眼並透過桿或錐細胞做先期處理後進入腦部，腦是一座精密的電腦，電腦高速運算後，與貓女的意識結合共同做出判斷，判斷會成為一種指令，指揮貓女的手與腳的動作。

這些動作，必須經過光，神經元脈衝，腦部運算，再一次神經脈衝，最後到達貓女的手腳肌肉。

這些訊息的傳遞與演算，在經過數百萬年哺乳類的演化之後，已經快到不用零點零一秒了，然後再加上貓女天生貓科的敏銳度，與自己的鍛鍊，讓這時間又縮短成原本的十分之一。

百分之一秒。

快到連音速都望塵莫及的速度，卻仍捕捉不到這生命科學廳中的牠。

終於，貓女在此展現其地獄絕頂殺手的天賦，她，竟然在如此狂奔之中，把眼睛閉上了。

眼睛一閉，在時間演算上，頓時消去了前半段，那就是光打到物質後反射，然後被眼睛捕捉，以及第一次的神經脈衝。

剩下的，只有腦內那尚無法被人類以科學解釋的……直覺。

還有與直覺緊緊相依的，手腳肌肉運作。

那時間呢？時間還剩下多少？

十分之一，就是千分之一秒。

那是何等讓人無法想像的速度，但貓女做到了，她在這擺滿了各種展示物的大廳中，以她驚人的直覺，持續狂奔著。

也就在她閉上了眼，周圍陷入一片完全黑暗，只剩下她傲人奔跑之時……她，終於，感覺到了。

牠。

鳥爪鳥足，橢圓形態的頭顱，雙腿肌肉發達程度是貓女從未見過的，既充滿彈性，又如鋼鐵般堅硬，就算穿著羅賓漢J的衣物，但形體早已脫離人的模樣。

牠，正不疾不徐的跟在貓女的左後方。

那雙閃爍著只有貪婪，飢餓，與殺戮的雙眼，正在這驚人的高速領域中等待著，等待著貓女露出一點些微的破綻。

「到底是什麼？」貓女感到困惑，「牠不是人啊？是動物？而且這樣的動物形態，存在於現今的地球上嗎？」

牠不是人啊？牠存在於現今的地球上嗎？

就是這句話，像是一道明亮的閃電，轟亮了貓女的腦中思路。

她知道，這隻非人似鳥的怪物，究竟像是什麼了？

牠，是活了比五千年貓女更久，更遠古，更深沉的黑暗生物。

「終於，我有機會當小妹妹了啦。」貓女笑了，「沒錯，對手竟然比我還老，這是上億年前的……侏儸紀迅猛龍啊。」

迅猛龍。

在古老古老的一億年前，人類還只是地上哺乳類老鼠身上的一枚基因時，棲息於侏儸紀森林內的速度王者，以肉為食，稱霸黑夜與密林的，迅猛龍。

沒想到，華佗連這樣的基因都能拿到，更植入了複製人羅賓漢J的體內，讓他成為生命科學廳的守門者。

「哼，既然知道了敵人的模樣就好辦了……」貓女雙手伸出，指尖利爪閃爍，專司高速精密切割的爪子，森然透出。「接下來，就換我……」

但，就在貓女雙爪伸出，要在這超級高速之中，捕殺生命科學廳中的牠之際……牠卻像是感受到了貓女的殺意。

那冰冷雙眸閃爍了一下冷冽光芒，竟然就這樣消失在貓女的直覺世界中。

「牠，還可以更快？」貓女感到微微吃驚，但她既然已經知道了對方的身分，她就有辦法，她吸了一口氣，再次加速。

再次加速，就像是帶領了貓女進入另外一個更深沉，更晦暗的直覺世界。

在這個直覺世界裡，貓女甚至捨棄了腦部運算的部分，將一切全部都交給了身體，沒有思考，就能更快，更險，更凶暴……

但卻在貓女進入一個更高的速度領域時，她所看到的畫面，令她真正感到一股從脊椎蜿蜒而上的涼意。

她知道這股涼意是什麼，那是基於野獸本能的，恐懼。

這是，打從貓女被賦予殺手這任務之後，她從未出現的一種情感，竟然無法控制的湧現了。

那，她到底看到了什麼？

貓女，她看到了什麼？

會讓她感到恐懼的畫面，到底是什麼？

因為，更高的速度世界裡，貓女看見了牠……「們」！

一隻，兩隻，三隻，四隻……這個館中，始終緊緊跟著貓女，將貓女的速度當作小孩般嘲笑的原古龍族，竟然有四個！

然後，貓女聽到自己呼吸急促的聲音，卻也感到自己的嘴角正在微微往上。

「原來你們有……四隻嗎？」貓女笑著，她好愛此刻的情緒，這名為恐懼的情緒。「那就來看看一對四，現在地球的速度之王對上億年前的速度之王，究竟誰能勝出吧？」

四條曠古恐龍，融合在四個羅賓漢J的軀體中，也在此刻同時躍起，猛然加速，牠們知道群龍戲貓的時間結束了，接下來，該是進食的時刻了。

該吃飯囉，而這一天的大餐，就叫生食小貓。

科博館，地球環境廳。

一大片烏雲籠罩住這一廳的天花板，烏雲中更爆裂出陣陣雷鳴，將少年H的身影完全籠罩。

「氣候嗎？」少年H仰頭，聰慧的眼神，苦笑的嘴角。「這是你的守備範圍嗎？」

「正是。」2373號羅賓漢J手一揮，像是站在百人交響樂團前的指揮，狂妄且充滿韻律。「下來吧，落雷。」

下來吧，落雷。

這刻，在烏雲中醞釀已久的雷光，終於找到了宣洩的出口，雲破，一道狂雷，直落而下。

「嘿。」少年H雙掌一頂，竟然就要接住這一雷。

接？不，少年H並不是要接，只見他雙掌呈現一種曼妙的角度，宛如一朵正在往上綻放的花朵，看似緩慢實則快速的盤桓一圈。

雷，竟然就這樣順著他的雙掌，被引動而行，繞了一圈。

然後，萬鈞電力就這樣順著蜿蜒的花瓣，帶著它的暴力與美麗，被牽引到了地面，綻放燦爛火花之後，留下一地焦黑才無聲散去。

「這一點雷果然傷不了你，和我腦袋記憶中那個少年H一樣啊。」這個2373號羅賓漢J面露微笑，「不過，如果我只有這麼一點雷，是沒法一個人守這座館的喔。」

「嗯，我懂。」少年H臉上依然掛著那抹輕鬆的笑，但目光已經下移，他看見地上多了點東西。

一滴晶亮的反光，映入了他眼中。

「水？」

「正確來說，是雨。」2373 號羅賓漢目光如炬。「即將傾盆的大雨。」

「傾盆大雨？」少年H仰起頭，頭頂的烏雲此刻已經不只閃爍兇暴電光，更進化成從天而降的全面大水，朝少年H淹來。

「沒錯，水能導電，電氣碰不到你，是因為攻擊太過單調，」2373 號羅賓漢J如此說著，「如果電搭載著雨水而來，等同從四面八方任何一個角落攻擊你，看你該如何閃？」

「嗯，這的確是個麻煩的狀況呢。」少年H瞇著眼，看著從天而降的這片大雨，沉思了那麼一下。

接著，少年H低下了頭，垂首低眉，不再看雨，接著他的手臂揚起，開始了他柔軟，流暢，又充滿力道的太極之舞。

太極之舞，一揮手，一抬足，一轉身，一回首，每個動作都看似緩慢，但都帶著一股自然而然的力量，而這股力量，竟然開始牽引起浪潮般的雨水。

雨水紛亂，卻在太極之舞的牽引下，被賦予了流動的方向，就像是河水有了渠道，就算河水再強再盛，在寬闊龐大的渠道內，即使左衝右突，最終也只能順勢而行。

而少年H雖然乍看之下只是自顧自地演練太極功夫，卻早已將身邊的氣流化成一條條無可抗拒的渠道，逼著這千萬雨水只能順渠道而行。

在渠道牽引下，帶電的滂沱大雨就算距離少年H只有短短兩三公分，但碰不到他，就是碰不到他。

既然雨水碰不到少年H分毫，那水珠中隱含的劇烈電量自然也傷不了他，換句話說，

2373 號羅賓漢J的這一招，又對少年H失了效。

見到這幅畫面，2373 號羅賓漢J眼睛睜大，但隨即又笑了。

「當年，我在華佗實驗室甦醒時，我就知道……」看著少年H如此精采地破解了電雨合一，2373 號羅賓漢J淡淡笑著，「自己既不是羅賓漢J，也不是我體內這些融合進來的天氣之神，我只是一個複製品，只是一個悲傷的四不像。」

暴雨仍下著，少年H的太極之舞，仍將一切的雨都駕馭在渠道之中，渠道盤桓交錯，流動如光，竟透出一股莊嚴美麗的氣氛。

「其他的羅賓漢J，也許是華佗直接在他們腦海中注入殺意，也許是因為體內融合的妖怪多是凶殘之輩，所以一輩子都只追逐殺戮與戰鬥。」2373 號羅賓漢J如此說著，然後輕輕嘆了一口氣。「但我不是，我是真的替自己的出生感到悲傷。」

「嗯。」在這片水流之中，少年H微微側了頭，不知道為何，他想起了一隻小小的蜘蛛。

那隻出生就註定織網，捕食，傳宗接代，直到老死的小蜘蛛，因為做了一件特別的事，於是在凡塵中幻化，然後成為五百年的蜘蛛大妖。

「但不知道為何，我卻清楚記住了一件事……」2373 號羅賓漢J說到這，原本憂傷的眼神，卻出現了光彩，「那就是『少年H』這三個字，也許這名字原本就深印在羅賓漢J的腦海中，又也許我體內的那些天氣之魔，曾被少年H親手逮捕歸案，又或許是其他的原因……例如，我們其實曾經是互相欽佩的好友與敵人？」

「嗯。」少年H眼睛微微眯起。「所以……」

「所以，」羅賓漢J右手慢慢抬起，手掌五指縫之中，隱隱透出一股天藍光流。

這天藍光流之中，既透明又濃烈，流轉如水，又純淨如水晶，這是地獄強者方有的獨特印記，少年H認得，因為他也在這些強者之列……這不就是「可視靈波」嗎？

所以，這位2373號羅賓漢J也是足以問鼎黑榜十六強的頂級強者嗎？

「所以，」2373號羅賓漢J手掌的天藍光流越來越盛，「少年H，請接受我的全力攻擊吧！」

全力攻擊，少年H感到呼吸微微一窒。

「衝擊吧，風！」2373號低吼，「去吞噬眼前的少年H吧！」

風？

少年H看見了2373號羅賓漢J手掌周圍，暴湧出許多張狂紊亂的天藍色線條，這些紋路，的確就是風。

先是雷，後是雨，然後是風嗎？

不愧是單獨鎮守地球環境廳的高手啊，竟然擁有全套的操縱天氣能力！

而當這一大片挾著可視靈波的風，朝著少年H而來時，少年H笑了。

帶著一股慎重且興奮的情緒，笑了。

「厲害啊。」少年H看著正被他自在操縱的雨水之流，因為這陣強勁的風而亂了。

雨水衝離了太極形成的渠道，在原本電氣帶動下，變成了滿天亂飛的細小雷彈，只要少年H碰觸到半點，雷彈即會炸裂，輕則皮開肉綻，重則斷手斷腳當場斃命。

「雷，雨，風。」而站在這片狂暴天氣之後的，正是編號 2373 號，以擊敗少年H為目標的羅賓漢J，如同一名交響樂團的指揮，雙手舞動，每一次指揮棒下指，天上的雷都會轟隆劈下，替暴雨注入凶暴能量，讓暴雨乘風而行，化成一枚枚致命子彈。

這一次，少年H的太極之舞還能抵擋嗎？

2373 號羅賓漢J又到底是何方神聖呢？

暗巷中，因為擁抱而甦醒的狼人T，開始慢慢移動了。

一步，一步，艱苦地往前走著。

就算他情緒因為西兒而爆裂，讓他擁有了從地獄歸來的力量，但畢竟是一個極度殘破的身軀，連顆心臟都沒有，速度實在難以加快。

不過，就在他扶著牆，拖著腳，拚命以意志往前邁進時……

忽然，他嗅到了一股食物香氣。

雙倍牛肉，起司，剛烤好的麵包……狼人T揉了揉眼睛，他看到了，地上竟擺了一個超級大漢堡！

漢堡上，還飄著淡淡香氣，顯然是剛剛出爐不久。

「這，」狼人T聽到自己肚子發出如雷的聲音，「到底是該吃還是不該吃？會不會是陷阱呢？」

第三章　那就是，陽光啊。

科博館，人類文化廳。

在千百根毒箭炸裂的銀花之中，一根粗大如柱的大箭，以雷霆萬鈞的氣勢穿出，瞄準吸血鬼女腦門而來。

事實上也不用特別瞄準腦門啦，只要被此箭射過去，身體會連剩一半不到。

「殺了這麼多小兵，終於把王逼出來了嗎？」見到此箭的威勢，吸血鬼女一笑，雙手左右擺開，利爪從指尖透出。

只見雙爪在空中劃出一個X，靈氣如刃，切向了眼前大箭。

噌了一聲長音，吸血鬼女只感覺到雙手一震，雙爪竟被大箭彈開。

「不錯喔。」雙爪無用，吸血鬼女順勢而退，疾退之時，卻見她背部聳立起兩道薄型黑色大斧，大斧在空中盤旋交錯，朝著大箭劈去。

又是噌噌兩聲，這次聲音更加尖銳刺耳，伴隨大箭的高速，迴盪整個大廳。

只是當刺耳聲響過去，大箭箭身上雖然多了兩道深痕，卻無損主幹，仍朝吸血鬼女而來。

「哎啊，不愧是人類文化廳的王，有點難相處啊。」吸血鬼女話雖如此說，臉上卻不見半絲驚恐，只是在不斷的高速疾退之中，緩緩的，優雅的，張開了她的豔紅小嘴。

迷人甜美小嘴中，藏著可是威震地獄的一代凶兵！吸血鬼之牙！

小嘴中一閃而過凜冽光芒，朝著大箭直咬而去。

咬住。

大箭的箭鋒，與吸血鬼之牙的齒鋒，分毫不差地頂在一起。

不動。

雙方都不動。

危險的僵局，就在吸血鬼女的雙眼前方數公分處，狠辣的，危險的，驚心動魄的僵持著！

只要牙輸了一分，退無可退的吸血鬼女的腦門就會被大箭貫穿，絞碎，從頭顱往下炸裂剩下只有腰部和雙腳的軀幹。

但吸血鬼女仍咬著，直到，她嘴角微微的上揚了那麼一下……

這一抹笑意浮現的同時，大箭尖端忽然傳來迸的一聲，裂紋出現。

然後，吸血鬼女眼睛一瞬，下巴用力，卡卡卡的聲音亂響，大箭裂紋像是蜘蛛網般錯節盤根，最後，終於承受不住吸血鬼女那傳了數百年的狂暴靈氣，箭鋒碎裂。

滿天飛舞的碎片中，吸血鬼女身形一頓，她已然趁勢挺進。這把箭，給了吸血鬼女等待許久的東西。

那就是，王的座標。

箭從何處來，王就在何處！

但眾射手和王也明白相同的道理，一見到吸血鬼女疾衝的方位，暴雨般的毒箭數目激增，試圖把吸血鬼女逼退。

但這些箭，怎麼逼得退吸血鬼女？只見她雙手雙翅快速迎擊，箭之暴雨遇到她竟像河水被分流般，往兩旁流動。

吸血鬼女往前挺進，她心裡一點也不著急，因為她看到箭勢的異常增強，表示她已經掌握了王的位置，她的目標，肯定就在前方！

只是，就在吸血鬼女靠近大箭源頭時，又是一道不祥黑光閃爍。

另一把大箭。

宛如平地旱雷，宛如大國們用以摧毀敵國主要城市的洲際飛彈，從地面升空，朝吸血鬼女射來。

看見這大箭不只巨大，速度凶猛，更帶著強大旋勁，這股驚人旋勁甚至將周圍的毒箭銀箭全部捲入，化成一大團帶刺的荊棘大箭。

見到這威勢，吸血鬼女一面驚嘆，一面仍笑了。

「看樣子要出全力囉，你的位置一旦被掌握，就著急了嗎？」吸血鬼女微笑，對吸血鬼女這樣高明的戰術應用者而言，深知當對方窮全力出擊，才是一舉擊潰敵人的時機。

終於，吸血鬼女將此人類文化廳的館主逼到了極限，逼出了他的全力。

不再只是綿綿箭雨，不再只是箭雨中的銀花綻放，也不是突襲般的大箭，而是將所有力量合而為一的全力出擊。

面對這樣的全力出擊，縱然危險，但亦是宣告戰役勝負的尾聲。

於是，吸血鬼女不再往前奔馳，她雙腳落地，雙翅收攏，微吸了一口氣之後，再次張開了她迷人的豔紅嘴唇。

唇中，那一抹凶險的淬藍光芒再次閃動。

牙鋒，再次硬撼箭鋒。

箭鋒的背後，是強大的旋力與被捲取而入的密麻小箭，就像是阿努比斯那杯「當我們同在一起」，大小箭的力量已經全部加乘在一起，然後透過那大箭的箭鋒，要一口氣貫穿這個美麗又心狠手辣的闖入者，吸血鬼女。

箭合力果然夠強，逼得吸血鬼女退了一步半。

但對吸血鬼女而言，退並不是輸，她可不是那種要熱血戰鬥至最後一刻的狂者，她是對勝利精密計算的戰術者，只要最後能贏，多退幾步又何妨？

她退，是因為她要一點空間來調整自己的脖子。

脖子？

是的，就是她的脖子。

因為吸血鬼女要轉動脖子，讓嘴巴內的牙，稍稍改變方向。

「我會調整嘴裡的牙，是因為，所謂的牙，向來都是成對的。」吸血鬼女邊退，邊慢慢地說著，然後在大箭箭鋒的強大壓力之下，讓自己的脖子微微轉動，同時，第二隻牙，也靠近了這柄箭鋒。

雙牙合一，同時咬下，威力頓時倍增。

倍增的牙，對上傾全力旋轉的大箭，兩股力再次僵持住。

大箭不斷急速旋轉，捲動著千百根毒箭與小銀箭，不斷想要往前鑽，但在吸血鬼女的雙牙合一之前，卻是剛剛好的動彈不得。

而吸血鬼女也是，縱然雙牙盡出，威力已然倍增，但曾經威震地獄的吸血鬼雙牙，卻也無法打破這微妙的平衡，雙方力量剛剛好打平，誰也動不了誰。

這個僵局，就這樣維持了整整三十一秒。

大箭與所有羅賓漢J的全力，拿不下吸血鬼女。

而吸血鬼女的雙牙，也差了那麼一點，無法將箭鋒擊潰。

雙方，就這樣不多不少，不偏不倚的堅持著。

「你的箭，比我想像中強啊。」吸血鬼女的牙緊緊咬著那把旋轉的大箭箭鋒，穩穩站著，而大箭背後則是不斷湧來小箭，小箭一靠近就被大箭的旋力捲入，化成一絲絲力量，灌注到大箭之中。

換句話說，小箭就像是充電系統，不斷將能量注入大箭之中！

也是這些不斷灌注的力量，讓吸血鬼女就算有一雙吸血鬼之牙，也只能維持一個無法被擊破的平衡。

「不過，」吸血鬼女卻在此刻，笑了。

這笑容帶著幾絲調皮，戲謔，以及搗蛋，因為這樣的笑容實在太少出現在吸血鬼女向來冰冷的臉上，反而變得更加可愛與迷人。

「我說過，我吸血鬼女對於戰鬥的特色，除了不怕毒以外，就是全身上下都是武器，」吸血鬼女臉上一邊掛著微笑，一邊如此說著。「同樣的道理，也適用我的嘴巴裡喔。」

適用於嘴巴裡？

就在吸血鬼女說完這句話，臉上依然帶著戲謔的迷人笑容時，那把強勢旋轉的大箭，竟然開始微微的歪斜了。

歪斜？所以勢力均衡終於要被打破了？

「就讓我嘴裡的祕密武器……」吸血鬼女調皮惡意地笑，「讓這一回合結束吧。」

說完，大箭箭鋒鏘的一聲，竟出現了第一道裂痕。

這一裂，代表平衡被打破，也代表吸血鬼女的牙，即將取得完全的優勢。

牙一用力，大箭箭鋒頓時碎開，那些盤旋於外側的小箭，則彷彿大樹倒下的猢猻，垮啦垮啦四散亂噴，而在大箭完全墜落之時，終於讓人看清楚了吸血鬼女嘴中的祕密武器……

在一排排鋒利獠牙之間，柔軟而誘人的一抹紅。

那是，舌

吸血鬼之舌。

將這把大箭的箭鋒推歪的祕密武器，竟然是吸血鬼女的舌頭？

不愧是吸血鬼女啊，竟然靠著她嘴裡那柔軟的舌頭，打破了雙方僵持已久的危險平衡，並取得了這場戰役的絕對優勢。

而就在大箭帶著千百小箭完全潰敗之際，吸血鬼女的腳輕輕一蹬，她悠揚且輕盈地往前飛去，來到了大箭的源頭。

源頭處，除了數十名提著弓，慌忙之間想要射箭卻來不及的複製人羅賓漢J外，還有一個身材壯碩，手提大弓的巨型羅賓漢J。

「先倒下吧，小嘍囉。」吸血鬼女右手一揮，背後雙翅展開，像是菜刀切豆腐一樣，把那數十名複製羅賓漢J的脖子，全部抹斷。

當這些尺寸正常的複製人像保齡球般倒下時，吸血鬼女穩穩飛到了巨型羅賓漢的前方，用她右手攫住了這巨型羅賓漢J的脖子。

「你就是人類文化廳的王？」吸血鬼女瞇著眼。

巨人羅賓漢J沒有說話，滿佈血絲的雙眼中，透露著蠻橫與殺意。

「我認得你，啊，你是童話故事中『傑克與魔豆』中，那住在雲端上的巨人？」吸血鬼女眼睛瞇著，「是你操縱這些羅賓漢J，擺下重重陷阱，要捕獲我？」是你嗎？

就在吸血鬼女的右手爪子即將用力，要以其尖銳靈氣，一口氣割斷巨人羅賓漢J之喉時……

一種，說不上來的奇怪感覺，湧上了吸血鬼女心頭。

人類文化廳，這一館其實硬手不多，主要是透過數百名羅賓漢J的毒箭雨，配上中間各種詭計和陷阱，讓這館變得棘手與難攻，這樣狡詐的一館，的確很符合人類文化廳中的「人類」兩字，因為從古到今，人類就是以其奸詐狡猾掠奪了大半個地球資源。

但，吸血鬼女還是覺得奇怪……

這個『傑克與魔豆』故事中的雲上巨人，也許真的能拉動大弓，射出和自己雙牙能抗衡的一箭，但，他真的夠聰明嗎？夠狡猾嗎？夠陰險嗎？

如果他如此狡猾陰險，會在故事中因為失去金母雞而失控，不顧一切追逐傑克，因而從雲端墜落嗎？

如果他性格像故事中這樣魯莽豪壯，他又如何能操縱這個館，能設計這些讓人喪命的陰謀陷阱？

真的，是他嗎？

而就在吸血鬼女腦海閃過一絲迷惑之時，她突然感到後頸處，微微的一痛。

她伸出左手往後一摸，竟摸到一根細如牙籤般的小羽箭。

隨即，一陣暈眩感湧上了腦門，這是劇毒才有的症狀！

「這毒？怎麼會有毒……能讓我感到……」就在吸血鬼女訝於這毒的奇異與猛烈之際，她聽到了一陣尖銳的男孩笑聲。

「咯咯咯咯，妳一定在想，『傑克與魔豆』中的巨人怎麼能當人類文化廳的王對不對？」那男孩笑得好陰險，「妳猜對了，王不是他，王其實是我……我就是那個爬著魔豆藤蔓到雲頂，闖入別人之家，偷走金母雞，害別人跌落雲端而死，最後更獲得小孩崇拜的故事書主角……」

「你……」吸血鬼女努力睜著眼，這毒，竟然從她的後頸開始，腐蝕她的肌膚，直入肌肉層，甚至穿入了脊椎骨，更可能順著脊椎骨往上，癱瘓她的延腦……到底是什麼毒，竟是這麼厲害？

「就是我，傑克啊！」那外貌看似清純的少年，發出吸血鬼女聽過最可怕的陰險笑聲。「我可是羅賓漢J複製人的1號，咯咯咯咯哈哈哈哈咯咯……」

「1號，傑克……」

「而且這把箭上用的，可不是毒喔。」傑克狂笑著。「箭裡面可是被填入真正的地球生命之母……」

地球生命之母？

吸血鬼女身體開始癱軟，箭中的毒，已經貫入她的腦部。

「那就是，」傑克的舌頭長長地吐出。「陽光啊。」

箭裡面，有陽光？

那足以讓夜之王吸血鬼，灰飛煙滅的極致之毒。陽，光？

科博館，生命科學館。

這裡，遠遠看去，是一片空寂。

若你往前走上幾步，站立在此館的中心，你又會有些納悶，因為這片空寂之中，好像多了些什麼，騷動的，不安穩的，應該存在但肉眼卻無法捕捉的什麼……正在這間空曠的館內。

到底是什麼呢？

你可能會歪著頭，抓抓頭髮，納悶地準備離開。

然後，就在下瞬間，一陣輕盈的涼風拂過你的後頸，你覺得有點涼，於是伸手往後頸摸去。

這一摸，你才明白，自己奇怪的感覺是正確的……

因為你的手掌上，全部都是豔紅的鮮血。

原來這館內，真的有些東西，正以快到駭人的高速，糾纏廝殺戰鬥著。

甚至是當頭顱從後頸處掉落，你才終於看清楚了他們的模樣。

原來這看似空曠的大廳內，有五個身影在奔跑著啊。

前四道身影半人半鳥，滿嘴利牙，形態醜陋令人畏懼，而最後一道身影呢？她窈窕火辣如美女，當她回眸而笑，則更像一慵懶迷人的動物……貓。

美女如貓，自然是貓女。

而那前四道似人似鳥的身影呢，則是這生命科學館的把守者，混入迅猛龍基因的羅賓漢J。

這五道影子，早已脫離了人類習以為常的速度世界，進入了五官都無法感受到的另一種層次。

貓女，地獄首屈一指的暗殺者，貓屬，其親屬有獵豹，有猛獅，足以代表「當今」地球上速度最快的動物。

不過，最大的問題正是這兩個字「當今」，因為被地獄醫學改造而成的迅猛龍，卻是數億年前稱霸地球，上一代來自荒野的王。

牠們擁有比現今任何生物都強健的雙腿肌肉，靈敏的嗅覺，銳利的視覺，高速穿梭充滿危險森林的能力，不僅沒有任何掠食者能捕獲牠們，更沒有任何獵物能逃出牠們的掠食。

如今，兩代速度之王，在這生命科學館中狹路相逢，而且這次貓女的對手，還不止一個，而是四個。

為了逼自己的速度更靠近迅猛龍，貓女捨棄了向來依賴的視覺，減低了神經傳遞的速度，以直覺進行奔跑，方才第一次追上了迅猛龍。

但，隨即，迅猛龍又提升了速度，將貓女再次遺棄在原來的速度次元之內……

「這麼快？」貓女閉眼奔跑中，她感受到的不只是面對強大對手的本能壓力，還有一股令其血脈賁張的興奮感。

以速度爭霸速度，這對貓女這樣的頂級速度者來說，可是千載難逢的機會啊。

「哼，速度比你們慢了點又如何？爪子比你們快，比你們鋒利就好。」貓女奔馳中，雙臂伸出，五指微張，而指尖噌噌幾聲，那有著完美弧度的貓爪，已然延展而出。

然後，貓女提氣，纏上了其中一個迅猛龍的影子。

貓爪化成五道美妙弧光，朝著那迅猛龍的背，劃了下去。

任何物種看見這貓爪，會不由得感到一絲羨慕，羨慕自然界對貓科動物的獨特寵愛，不但擁有傲人的輕盈體態與極限高速，更有著這何等鋒利的武器，爪子。

其爪呈弧鉤狀，平時收在毛茸茸的貓足肉內，一來避免摩擦而磨損其鋒利，二來可以出其不意給敵人迎頭痛擊，乍看下可愛無害的貓足揮動，往往下一秒就讓對手血流滿面。

如今，貓女雖然無法完全追上迅猛龍羅賓漢J，但她打算靠著她最致命的武器之一，貓爪，將迅猛龍直接砍抓於此地。

「第一隻。」就在貓爪已然砍中對方之時，忽然她感到手上的貓爪，竟與某個物體嵌卡一起。

這一嵌，竟傳來和貓爪相同的觸感。

類似的弧度，接近的硬度，同樣完美的鋒利程度。

啊，迅猛龍的武器也是爪？

而且和貓爪相比，龍爪如彎鉤，更巨大，更鋒利，更充滿秒殺敵手的威脅性。

兩爪互嵌互卡，交互摩擦，嘶的一聲擦出長長的火花，貓女的爪，沒有斷去迅猛龍的爪，同樣的，迅猛龍的爪也沒勾斷貓女的爪。

電光石火交鋒，雙方鬥了一個旗鼓相當，不分上下，卻也代表，貓女本以為速度上少了優勢，可以從武器上找回來的想法，太天真了。

更可怕的還在後面，當貓女的爪與迅猛龍爪互擦而過之際，她的身邊，已經縈繞上三條冷光。

「哎啊。」貓女嬌呼一聲，驚險萬分時身體一個急扭，三條冷光繞過貓女而去，帶出三條連串血珠。

貓女咬了咬牙，痛，但沒有傷到要害。

多次遊走生死線的貓女很清楚，當敵方的攻擊無法避開之際，那就不要避，反而要展現反擊的氣勢，因為敵人會顧忌這份反擊氣勢，而有所保留，也才能替貓女留下一絲生機。

但結果論，貓女身上多了三道龍爪傷痕，而對方卻絲毫無損，這一過招，貓女又輸了一著，表示無論是速度或武力，貓女都不是這四隻迅猛龍的對手。

可是，就這樣輸了嗎？

正當貓女遲疑之際，那四隻龍爪又來了。

貓女貓爪揮動，噌噌兩聲，格去左右兩隻龍爪，但雙腿立即見血，那是另外兩隻龍爪幹的好事。

貓女踉蹌後退，四隻龍爪，四個滿是利齒的鳥嘴又來了。

四道冷光，在超乎想像的高速中竄動，貓女再次揮爪，噌噌噌三聲，貓女已經竭盡全力，擋下左下方，右上方，以及正後方的龍爪。

但她的左腰後側，又被拉出一條長長的血痕。

沒錯，貓女盡全力，也擋不住四爪連襲。

於是，短到比眨眼還要短一百倍的時間裡，貓女和這群迅猛龍，已經交手了不下十次，而貓女身上也多了將近三十道的傷痕。

傷痕都不深，因為貓女始終維持著一股同歸於盡的反擊氣勢，但傷勢可是會累積的，貓女比誰都清楚，再多累積三四道傷口，那不斷流出的血將會逼著貓女墮入更低的速度層次，到那時候……貓女連敵人在哪都掌握不到，肯定會變成一團被爪子割爛的廢肉。

該怎麼辦？

我該怎麼辦？

靈力在經歷多場激戰之後尚未完全恢復，就必須用武力決勝負，但武力又遜於這四隻老龍，她該怎麼辦？

這一瞬間，貓女決定再冒一次險。

如果放棄視覺能讓速度提升，那只能放棄另一個東西……

速度，到底有幾層？

這是當貓女從小貓開始，發現自己比其他小貓特別時，就開始想的問題。

而當有天她因為那件事被賦予了特殊的命運，以至於她開始在埃及寬闊的土地漫遊，漫遊的過程中，她能力越來越強，速度越來越快，她漸漸明白，速度原來有好幾層。

緩慢的烏龜與蝸牛，身處在第一層的速度世界，牠們觸鬚與眼睛看到的世界，與其他層次速度的生物，是不同的。

而第二層的速度世界，又是誰在居住的呢？是人類。

以雙足行走，或走或跑，所感受到的世界，就是第二層速度世界，而這世界之中，居住著這世界大部分的生物，哺乳類、爬蟲類、魚類等等，大家都在彼此可以互相接觸的世界中依存著。

但在這樣的世界中，開始有些生物，也許天生的速度特質就好，也許是突然出現的偶然，牠們超越了原本的第二層速度，進入了第三層。

例如，某些動物在瞬間衝刺的時候，像是消失一樣，那一下消失的時間，就是牠進入了第三層速度域界。

事實上，有一群人發現了這層世界，他們開始鍛鍊自己，透過很多瘋狂的方法提升速度，而這群人後來成為了新的職業類別，就是殺手。

無聲無息的靠近，悄然來到欲殺者的背後，然後輕輕的一抹。

結束。

而殺手們為何能如此囂張狂妄的結束他人生命，就是因為他們已經取得了第三層速度界域的鑰匙。

而貓女，更是殺手中的殺手，她多年前領悟了速度有不同界域之後，便開始仗著自己優越的天性，不斷的訓練，她已經位於第三層速度界域頂端。

她一直以為，這樣已經足夠，直到……她踏入了這座生命科學館。

那連肉眼都無法捕捉的速度，擺明就是更高的一個速度界域，貓女感到一陣興奮與恐怖混合的顫慄感，因為她終於有機會來到她早就知道，但從未到達的地方，第四層速度界域。

於是，她放棄了視覺，以直覺方式進入了這裡，在這裡，果然已經有四個身影正在等她。

一億年前的速度帝王，迅猛龍。

被混入了羅賓漢J體內，擁有了智慧與靈氣，讓牠們更懂得善用自身的力量，所形成的可怕妖物。

原本，一對四居於劣勢的貓女，想用她致命武器之貓爪，重新拉回戰鬥的平衡，但沒想到對方和自己真的很像，以爪為武器，一龍一貓，雙爪硬撼，誰也討不到好處。

在同樣的速度界域下，貓女已經沒有任何優勢了，到此刻，貓女清楚知道……她只剩下一個抉擇了。

速度的第五界域。

一個貓女也許曾想過，但從未真正踏入過的極致之地！

上一次她放棄了視覺，而這一次，她又要放棄什麼呢？

她閉上了眼，深深吸一口氣，放鬆，然後，她打了一個哈欠，開始想睡覺了。

睡覺？

關於睡覺這樣的動物行為，事實上曾被生物學家廣泛的研究過，動物為何要睡覺，進入睡覺模式後與外界聯繫一旦切斷，常會讓動物陷入生死危機之中，在這樣的前提下，為何 DNA 仍在不斷的演化過程中，將「睡覺」這行為保留下來？

生物學家為了驗證睡覺這行為的必要性，曾對老鼠或蝙蝠進行「不睡覺」測試，結果導致了該生物的死亡，表示睡覺是一種為了生命的必然行為。

既然是必然行為，那它究竟為何而生呢？

有一說，是為了讓腦部休息。

擁有上億神經元的腦，每日必須處理的訊息量會是神經元的百倍，舉凡動一個手指頭，肚子餓，喜歡一個人，後悔昨天沒做的事，都會需要大量使用腦部，而睡覺，則是讓這超級計算機稍微休息冷卻的時刻。

而睡覺時刻，腦部會開始自己神經元記憶的調整與分配，這時候產生的雜亂訊息，科學家也給了它們一個名字，叫做「夢」。

而夢，就會是動物睡覺時刻身體的主宰。

當動物進入了夢境，腦部進入自主的休息，整個身體的主宰，都會回到更原始的狀態。一旦原始，也就單純，單純代表腦部無須處理複雜運算，肌肉更不用負擔太多巧妙運作，換句話說，此刻的貓女，可以很快。

夢中的貓女，夠原始，夠單純，也才夠格進入……她從未進入的神祕領域，速度第五界域！

當她堅毅地閉上眼，在高速瘋狂的殺戮競賽中，進入了夢鄉時……這也是第一次，她，繞到了四隻迅猛龍的背部。

然後，貓爪直落。

當貓女收回了爪，她滿意了，因為爪子上帶回滿滿的血。

噴散的鮮血中，第一隻迅猛龍羅賓漢J發出尖銳的嚎叫，滾落在地。

然後夢境中的貓女無意識回身，左手貓爪，像是一道烏雲中的冷電光，穿入第二隻迅猛龍的胸口。

「嘎！」第二隻迅猛龍慘嚎，瞬間墜出第四速度界域，躺在地上不再動彈。

第三隻迅猛龍羅賓漢J怒吼，隨聲而來，龍爪就要劈下貓女左手。

但貓女速度太快，實在太快，右手竟然已經回來，後發先至之下，反過來在第三隻迅猛龍羅賓漢J的龍爪上，斬出三道驚心動魄血痕。

三隻迅猛龍接連受傷，第四隻迅猛龍沒有動，分不清牠是畏懼還是嚇呆了，竟然沒有

地獄之初

動，貓女一個優雅回身，然後左手的爪，就要朝著這第四隻迅猛龍羅賓漢的頭，直切下去。

這一切，管你曾經稱霸地球幾億年，都會回到地球的土壤裡面，成為滋養萬物的肥料之一。

「斬。」貓女爪如武士之刃，斬下去了。

但貓女的動作卻僵硬了。

因為她沒有斬到。

接連捨棄了行動判讀，又捨棄了行動運算，已經沒有任何一點東西可以捨棄，完全進入夢之領域的貓女，竟然沒有斬到第四隻迅猛龍？

這只有一種可能。

那就是……

貓女聽到了呼吸聲，竟在自己的耳後。

「咯咯。」那迅猛龍羅賓漢J第一次發出人聲，而且就在貓女的耳後，他何時，又怎麼繞到貓女身後的？「速度的界域可不止五個呦，小小貓。」

「第六？」貓女感到渾身膽寒。「你在第六界域了？」

「妳以為捨棄腦部運算這一招，只有妳會嗎？」那迅猛龍羅賓漢J笑得陰冷。「我們恐龍的大腦雖小，但可不止一個，軀幹末端也有腦，換句話說，我們老早就可以捨棄大腦運作了，傻孩子。」

「軀幹上也有腦？」貓女一顫，所以大腦上的運算，原本對迅猛龍而言，就是可有可無？

「接下來，就請妳好好品嚐一下……」第四隻迅猛龍羅賓漢J狂笑，「我44號羅賓漢J的第六速度界域，所帶來的極速快感吧。」

說完，貓女的背後一痛，她的血，就這樣往天空噴去。

一下足以將貓女完全重擊的爪，狠狠地將貓女的背部劈出清楚傷痕。

而貓女只覺得自己的速度不斷的往下墜，第五界域，第四界域……第三界域……第二界域……

貓女回到了原來殺手的速度，而那四隻迅猛龍，也同時消失在貓女的感官之中，剩下的，只有那敵人藏身在周圍，瀕死的驚恐。

「輸了？」貓女睜著眼，她該怎麼辦？第六速度界域？數億年的地球速度之王，速度層次竟然高到這境界？

她該怎麼辦？

該怎麼辦？

她真的能通過這生命科學館嗎？與女神激戰後耗盡靈力的自己，真的通不過這一關嗎？

貓女閉上了眼，腦海中浮現的……卻是少年H那一貫輕鬆又令人懷念的笑容。

科博館，地球環境館。

如今，這一館的挑戰者，正是貓女面臨絕望時想起的男人，少年H。

他面對的，是三大館中唯一單人守館的，天氣魔羅賓漢J。

這位天氣之魔身上的血緣相當奇特，是來自不隸屬現今三大神系的馬雅神話，掌管天氣的「恰克神」，多年前，當華佗要練化出這隻天氣之魔的羅賓漢J，華佗可是傷透腦筋。

華佗先是查出了各大神系中掌管雷雨的神與魔，然後開始展開了他的「拜訪」，所謂的拜訪，事實上是偷搶與擒獲，這些魔力與大自然合而為一的氣候眾神魔。

首先拿到的，是索爾的靈氣因子，華佗將其混入羅賓漢J體內之後，赫然發現竟然一點雷電能力都沒有增加，仔細研究後才發現，索爾真正的雷來自那根鎚子。

如果將鎚子與羅賓漢J相互融合，當然也能創造巨大電能，但卻已經不是華佗感興趣的範圍了，因為他要的是醫學的融合，而不是製造機械生化人。

「我又不是地獄愛因斯坦。」華佗將這個擁有索爾血脈，卻沒有太強電能的羅賓漢J，命名為2370號。

為了尋找更強的天氣神妖，華佗回到自己熟悉的土地，中國，在這裡他設下陷阱捕獲了中國神系掌雷雙神，雷公雷母。

吸取雷公的靈氣，在貫入羅賓漢J的狀況頗為順利，只是這個羅賓漢J覺醒時，華佗赫然發現，電量嚴重不足，原來是雷公與雷母如同電性正負兩極，缺一不可，華佗只好將雷母的靈氣也注入羅賓漢J之中。

誰知道注入之後，羅賓漢J縱然提升了電力，但性格卻變得混亂不清，公母人格間還會互相吵架，吵到後來別說戰鬥了，連上廁要進入男廁女廁都吵半天，華佗又只好忍痛放棄，並將這羅賓漢J命名為2371號。

最後，華佗毅然決然來到希臘神話的領域，竊取這裡當家者的靈氣，宙斯的雷。宙斯的身分地位崇高，神威強大，華佗以絕色美女貂蟬混成的1066號羅賓漢J和「木馬屠城記」中海倫混成的1455號羅賓漢J，兩大美女聯手色誘出宙斯，順利取得宙斯神系基因。

華佗以宙斯靈氣創造了2372號羅賓漢J，原以為有機會製造出超乎想像的雷神，誰知道一摻入宙斯基因之後……發現羅賓漢J不但沒有變強，反而變得愚蠢自大還自我感覺良好……華佗才想起，宙斯雖然貴為希臘主神，事實上幹過的事可一點都不光明，弒父，搶奪人妻，製造戰爭，背叛妻子……這樣的雷，問題可大了。

各大神系的滿天雷神，竟然會落到無雷可用？

就在這時候，華佗來到了馬雅眾神中，馬雅文明於千年前已然從地球上沒落，少人供奉之下，眾神都各自尋找巢穴隱藏深潛，神系代表智神斯凱爾，與力神勞就算都有自己的眾神部屬，但都藏匿在南美的高山沼澤一帶，已經少問世事。

而華佗來到這裡，位於熱帶與亞熱帶之間，遍佈濃密雨林，暴雨下得又急又狂，他忍不住興奮起來，因為他知道自己一定能找到品質很好的掌雷之神。

然後，華佗透過和好鼻師合體的1856號羅賓漢J，嗅到了一個有著鷹勾鼻子，身材矮小，其貌不揚的神祇，這神祇身上帶著與天氣連結的純淨靈力，就是華佗尋尋覓覓要找的對象。

而他肩膀上，還站著一隻小麻雀，但卻透出強大氣勢的電能。

華佗眼睛一亮，他確定了一件事，他的旅程，終點就在這了。

質樸純淨，純粹強大，潛力驚人，一如當年華佗初次在地獄列車見到重傷的羅賓漢J，這樣的靈氣，正是煉化出極品複製體的完美選擇。

而恰特一見到華佗靠近，直覺告訴他眼前的男人很危險，他轉身就要逃。

但華佗臉露冷笑，手一揮，背後數十名身上擁有各不同血統基因的羅賓漢J，同時躍出，躍出時，手上長弓已然搭上，咻咻咻箭雨隨之逼近。

恰特一個回身，手上大斧一揮，滿天風雨從天而降，在大斧上盤桓捲繞，形成一道暴浪，暴浪衝擊，頓時將前面幾個羅賓漢J擊到數百公尺外。

但這些羅賓漢J在華佗的命令，與嗜血戰意的驅使之下，提著弓與箭，繼續前仆後繼的追急著恰特。

恰特本質上是一個善良不愛與人爭鬥的正神，他決定快速逃離，但羅賓漢J群們卻宛如煉獄中爬回來的惡鬼，手持彎弓不斷追擊，就在情勢轉為危急時，恰特肩膀上那隻看似可愛的麻雀，微微展翅了。

小小的展翅，竟得到了浩瀚天空的回應，天空爆裂聲響傳來，一道電光直劈而下，當電光已然消散，地上只剩滿地焦黑的複製羅賓漢J。

「這是神話中的雷鳥嗎？」風雨中華佗大笑，「有風，有雨，有雷，太棒了！我都不敢想像會創造出多美的作品了啊！」

恰特還在逃，手上的斧喚來風雨，肩膀上的鳥招來閃電，一邊逃，一邊試圖攔阻瘋狂而來的羅賓漢J們。

直到，恰特突然感到背脊微微的一涼，而且這涼意，還有兩股。

「對對對，你們終於按捺不住了嗎？」華佗大笑，「我目前最精采的兩大傑作，1號傑克，還有……44號迅猛龍啊！」

恰特眼角餘光往後，他看見了第一道涼意的來源，一個龐然大物從羅賓漢群中出現，但真正讓恰特戰慄的，卻不是這龐然大物本身，而是站在他肩膀上的那矮小男孩……

看似純真，眼神卻邪惡且扭曲，他是人類看似無害卻惡意的代表，純善童話中對其他物種的詐騙欺瞞，他就是「傑克與魔豆」中的傑克。

而另外一股涼意呢？

他們是四隻外型酷似迅猛龍的羅賓漢J，只是他們的身影一閃即逝，要不是此刻的雨水微微的扭曲，以及地面那隱隱的漣漪，真的完全感受不到他們的存在。

他們就在雨中，宛如隱形殺手般來到了恰特近側，接著，恰特身上噴出了四道血跡。

在數以千計的羅賓漢J追捕，與四大隱形殺手的環繞之下，不愛戰鬥的恰特，唯一能做的事，就只剩下一個字，逃了。

這場逃亡，歷時了將近一個月，其足跡蔓延了三分之一個南美大洲，華佗死傷超過五百個羅賓漢J，最後，終於在馬雅金字塔外，1號羅賓漢J和41，42，43，44號羅賓漢J，終於將雷鳥麻雀活捉。

連續一個月的激戰連逃，麻雀電能已然耗盡，先被傑克生擒。

而恰克則在見到麻雀被擒之後，面目醜惡但心地善良的他，縱然還有一戰的能力，卻在此時手一軟，斧頭大盾墜地，立刻被四隻迅猛龍咬住手腳，連咬帶扯的在地上拖行，拉到這次獵捕行動的背後主使者，華佗面前。

華佗居高臨下，看著躺在地上的恰克，臉上露出分不出是慈祥，還是陰森的微笑。

「放心，你不會死的，我只會取走一部分的你。畢竟你是神，不會那麼容易死的啊。」

恰克被抽走了大量的靈氣，抽完之後，更被丟入金字塔的一角，而華佗就帶著這些靈氣，貫入了新的羅賓漢J的體內。

七七四十九天的煉化時間之後，這位羅賓漢J，睜開了眼睛。

擁有與恰克相同，操縱風，雨，與電能力的他，加入了華佗複製人的行列之中，並經過反覆測試，華佗十分滿意這次的作品，甚至將一整個館地球環境館交給了他一人看守。

如今，這位擁有恰克力量的羅賓漢J，正帶著他強大無比的能力，帶著他不同於其他羅賓漢J的疑惑，站在這裡，阻擋著少年H，拯救自己的夥伴。

而金字塔內的恰特呢？他蜷曲於地上，宛如生屍，直到一個身影，精悍且溫柔的來到他身旁，而那身影，酷似一名少年。

風，

無形的，如刀刃的，被操弄的，駕馭著雨珠，化成一紋紋的波動。

雷，

細小的，飽滿的，充滿傷害力，爬滿了雨珠的表面。

雨珠，

晶亮的，飄搖的，挾著猛烈風速，數以百萬，朝同一個目標疾射而去。

所有的雨珠，乘著風的疾速，任何一珠都帶著能輕易炸裂人類手足的飽滿電能，射向了同一個人。

此人，手很柔，身很軟，笑容很淺，淺中有著讓人寬心的暖意，而此刻，他被這百萬帶電雨珠完全包圍。

「真是，無法可躲了，好厲害啊。」面對此絕境，此人的笑容依然沒有任何改變，這是專屬於少年H的輕鬆笑容。「這樣的風，這樣的雨，這樣的電，純淨且質樸，就像是回到了地球最初之時，實在很熟悉啊。」

說完此話，少年H做出了一個令人費解的動作，他放下了雙手，那原本不斷劃出美麗太極，引導雨水的雙手，此刻輕輕地放下了。

放下了？

這不就是說，少年H放下了防禦？面對2373號羅賓漢J這來自古老恰特神的攻擊，少年H竟然放下了防禦？

那不就是送死嗎？少年H瘋了嗎？撐過濕婆岩漿、女神白月、聖佛入魔的少年H，竟然在此刻瘋了？

第一顆水珠，撞上了少年H的背部，電能炸開。

「潔淨之雷。」少年H閉著眼，嘴角揚起，一個淺淺的苦笑。

第二顆水珠，在少年H的左臂上炸裂，電能隨著水珠而來，竄入少年H的左臂之中。

「透明之雨。」少年H喃喃唸著。

第三顆水珠，落在少年H的右腳腳跟，電能的釋放有如一把冷刃，直插入了右腳神經之中。

「溫柔的風。」少年H再次輕語，就算此刻傷痕正在瘋狂累積。

接著，是第四顆水珠、第五顆水珠、第六顆水珠……第一千顆水珠，第一千零一顆水珠……眨眼後，已經是第一萬顆水珠，一萬零一顆水珠……

雨珠，密密麻麻，全部在少年H身上炸開！

而少年H靜靜的站著，宛如一位得道高僧，站在千軍萬馬的戰場上，周圍是刀光劍影，周圍是生死吶喊，周圍是血濺斷臂，高僧，仍溫柔站著。

我不入地獄，誰入地獄？

在爆裂燃燒足以將萬物全部摧毀的天氣威能之前，少年H像是終於找到了重要事物般微笑起來。

「原來，你一直在等的就是他嗎？」少年H笑著。「那我找到了，他就在這裡啊，恰特老友。」

我的恰特老友。

第四章　反擊啊，該死，你不是少年H嗎？

無人暗巷內。

一個絕頂雙層厚牛肉起司堡，正安安穩穩地放在地上，濃郁炙熱的香氣，正訴說著它剛出爐的程度。而暗巷中的狼人T歪著頭，遲疑著。

為什麼，在這個啥鳥都沒有的暗巷中，會有這樣的牛肉堡？

是誰將兩片厚實的牛肉在鐵板上烤熟，鋪上清甜蔬菜，蓋上濃郁起司，然後壓上兩片微甜的漢堡麵包？

是敵人？還是朋友？

吃？抑或不吃？

這猶豫，只在狼人T的腦海持續了零點一秒，因為向來狂妄天不怕地不怕的他，怎麼會介意敵人那麼一點小陷阱呢？

狼人T速度好快，身體一竄，手一撈，就撈起了那個肥美香熱的雙層牛肉堡，然後滿是利齒的大嘴張開，哈的一口，頓時咬掉一大半的牛肉堡。

當暖熱肉汁隨著牛肉堡流入狼人T的嘴中，經過食道，流入了胃袋，狼人T真的覺得自己像是活了過來。

「管他的，如果吃了會死，不吃也會死，當然是選吃啊。」狼人T嘴巴鼓鼓地嚼著，一邊自言自語。

「正確。這才是我所知道的狼人T。」忽然，一個聲音出現在狼人T身旁。

「你！」狼人T一驚，就要舉起爪子，朝聲音來源處砍下去。

但砍到一半，狼人T就停手了。

因為他發現，眼前這聲音的主人，不但沒有半點武裝，甚至全身散發著凡人玩家的味道，更重要的是，他手上還有第二個與第三個牛肉堡。

看在另外更多牛肉堡的份上，狼人T決定弄清楚狀況再戰鬥。

「放心，我不餓，這些都是為你準備的。」那人淡淡一笑，「我用了一些電腦資源，才找到你的位置，我是特地來送食物的……」

「為什麼，你到底想要什麼？」狼人T皺眉，隨著手上牛肉堡被完全吞到肚子裡，他的眼睛開始盯住第二個牛肉堡。

「我想要的東西，和你們獵鬼小組是一樣的……」

「咦？」

「我要你們進去夢幻之門。」那男人語氣蘊含著悲傷與溫柔。「去救我女兒……」

「你女兒……」

「是的，她的名字，」那男人笑了，那是專屬於父親的笑。「就叫做法咖啡。」

科博館，人類文化廳。

吸血鬼女躺在地上，感受著意識正不斷脫離自己的軀體。

陽光？

這人類黑暗面的代表，童話故事中的「傑克」，果然不是普通人物，不只猜到吸血鬼女會闖此館，更在層層的陷阱中，安插了這最終也最危險的一擊，陽光。

「華佗曾對我們說過，終有一天，羅賓漢J的夥伴們，會回到這裡來救他。」傑克的聲音，從吸血鬼女的耳中飄入，彷彿在很遠的地方。「從那天起，我就開始準備，要對你們反擊了。」

「嗯……」箭內的陽光，充沛且猛烈，不斷瘋狂地吞噬著吸血鬼女原本永恆的生命。

「羅賓漢J雖然是我們的本體，但他真正的身分卻是擁有百年歷史的『曼哈頓獵鬼小組』的隊長，而獵鬼小組的夥伴共有四人，扣掉被撒旦擄走的狼人T，還有三個人……」傑克語氣沉緩，顯然對資料調查非常有自信，「分別是吸血鬼女、少年H，還有在這段地獄遊戲戰役中，自行加入的六號貓女。」

「陽光……」吸血鬼女癱軟在地上，緩緩閉上了眼，她可以感覺到陽光正沿著她血管蔓延，已經開始進入內臟，內臟正發出就要溶解的空虛感。

「貓女的強項是速度，所以我們準備了44號羅賓漢J，牠們有著迅猛龍的基因，堪稱原始時代的速度帝王，由牠們出馬捕捉現任速度之王，只能說剛剛好而已。」傑克好整以暇的分析著，似乎在等著吸血鬼女體內的陽光，完全發揮效應。

陽光通過了內臟，癱瘓了其中的功能後，又繼續沿著脊椎，就要進入吸血鬼女的腦了。

而她的腦，在陽光浸蝕下，飄起了輕柔的泡泡，那是多麼虛幻的感覺，是不是人類的毒品，就是這樣的飄忽，也這樣的致命呢？

「而少年H是最難對付的，我們找出了2373號羅賓漢J，這人雖然整天愁容滿面，但若認真起來要打，我們還真的沒人打得贏他。」傑克繼續說著。

「最後一個就是妳了，吸血鬼女，以情報收集和精準戰術著稱的妳，怎麼想都會是……」傑克，這編號1的羅賓漢J比了比自己，「我的獵物啊，咯咯咯咯。」

「哼……」吸血鬼女知道自己的腦，已然快要消失，無論是何類的戰鬥物種，手腳消失，身體爆裂可能都不會死亡，不過腦一旦沒了，也就沒了。

只是，吸血鬼女沒想到的是，在經歷了與魔佛H這樣高等級的戰鬥之後，竟然會在這裡遭遇到險境，一針陽光，透過小箭打入了體內，真的致命……

陽光，是擁有永恆生命的黑暗種族吸血鬼，無法克服的天敵。

「妳可以感到榮幸的是，這把太陽之箭，可是我花了好多功夫做出來的……」1號羅賓漢J，傑克，蹲下了身子，把他俊秀但帶著陰冷氣息的臉，湊近吸血鬼女蒼白到幾乎透明的臉。「先偷到古老的日之石，然後以日之石吸取日光長達三年，堅硬無比的日之石難以鍛造，故收集了數十名藏身在各地老房子的老魂魄，再將老魂魄丟入石爐中和日之石一起提煉，才煉出了這把小箭。」

「……」濃烈到足以將一切融化的陽光，已然完全侵入了吸血鬼女的腦中。

「妳該該聽聽，那些老魂魄被日光熔煉時的哀號聲……」傑克冷冷地笑著，「就像妳現在一樣，真是悅耳啊。」

陽光的光，已將吸血鬼女完全吞噬。

陽光暖暖的升起，慢慢的消散，沒有激起太過劇烈的光芒，當淡淡陽光消散殆盡之時……地面上已無任何遺骸。

「結束了，為了宰掉妳，這麼長時間的準備終於有了代價，哈哈哈哈！」1號羅賓漢J，傑克大笑著，「獵鬼小組如此威名，這數年來縱橫地獄，人間，遊戲，擊敗過黑榜十六強，挑戰各大宗教主神，在妖界可以說是傳說般的存在。」

「不過就算是你們，也逃不過我精密的計算和準備，告訴你，這就是『算計』，也就是我們人類最拿手的一件事。」

光已散盡，而這混合了童話傑克與羅賓漢J的1號，大笑也已終止，轉身，就要走向他的部下群。

但，他才走了兩步。

忽然，他看見了那個坐在地上，剛剛才射出大箭，被吸血鬼女逆轉擊敗的巨人羅賓漢J。

他的表情帶著一絲古怪。

「2號，怎麼？」傑克皺眉。「幹嘛這種表情？巨人呆傻的樣子很蠢欸。」

「啊。」巨人眼睛大睜，粗大的手指，慢慢比向了傑克。

「幹嘛，手指抽筋啊？小心我叫華佗幫你推拿，包你手指推到斷光光。」傑克冷笑。

「不，不是，而是她，她在……」巨人舌頭像是繞了七八個結，當結終於鬆開，卻是一聲高亢的尖叫！「她在你後面啊！」

她，在你後面啊！

「我，我後面？」傑克悚然一驚，而同時間，一個細柔低沉的聲音，就在傑克的耳畔響起。

「身為一個戰術者，最嚴重的是什麼？那就是情報錯誤喔。」那聲音在笑，笑聲很輕，笑聲很甜，但卻讓一股寒意從傑克的腳底升起。「陽光，對一般吸血鬼而言，是百分之百的致命，但對我吸血鬼女而言，卻是絕技之一啊。」

「絕技？」傑克大叫，「怎麼可能，數千年來，從來沒有，從來沒有一隻吸血鬼，可以違背陽光滅亡的定律，從來沒有，妳究竟經歷了什麼，通過什麼可怕的歷練，才……」

「經歷了什麼？那是你無法想像的悲傷喔。」吸血鬼女一笑，背後的翅膀，已經倏然伸出，又倏然收回。「所以，我才能擁有日光蛹這絕招，我將腦部包裹入日光蛹中，避免被侵蝕，然後再透過日光蛹的保護力與吸血鬼的高再生力，將身體回復原狀，不過這樣一回，其實很累，你懂嗎？」

「……」懂與不懂，傑克並沒有回答。

因為他的聲帶，連同咽喉，連同頭顱，都在吸血鬼女的翅膀橫掃過後，一起離開了他的身軀。

在這一翅薄斧揮動下，羅賓漢1號，手握數百名羅賓漢J複製人，善用各式情報作戰，人類文化廳之館主，就這樣，剩下一個沒有頭顱的身體。

而這翅膀的主人，則快速且無聲收攏了自己的雙翅，優雅地站回地板。

微笑。

燦爛迷人的微笑。

「陽光，是我一輩子的夢想，而這夢想，則源自於我的舅舅。」吸血鬼女笑得迷人。「請記住我的名字，吸血鬼女，一個永遠不可能被看透，更不可能被完全情報收集的女人。」

傑克無頭的身軀，依然無力地站著，對吸血鬼女的這番話，顯然沒有任何餘力反駁。

「也是，沒了聲帶，說話也不容易了。」吸血鬼女淡然一笑，她睥睨著倖存的百名羅賓漢J，包括那巨人形態的羅賓漢J。「還有人要擋我嗎？」

所有的羅賓漢J都低下了頭，垂下了眼，那是對王者的敬意，更是對強者的乞憐。

「很好。」吸血鬼女依然微笑著，腳上黑色高跟馬靴，踩在明亮的人類文化廳地板上，發出響亮的扣扣扣回音。

很好。

吸血鬼女走出了人類文化廳，她將步入最後一館，太空劇場館，她清楚的知道，她所尋找的人，就在那裡。

羅賓漢J。

隊長，我們來找你了。

從地獄列車開始，好多年了，我們終於要來找你了。

走出大門之前，吸血鬼女忍不住伸手，摸了摸後頸，剛剛被陽光注入的小小傷口，仍然存在著。

然後，吸血鬼女用只有自己能聽到的聲音，溫柔地說著：「舅舅，謝謝你，你送給我的夢想，又救了我一次。」

獵鬼小組三號，吸血鬼女，正式突破生命科學館。

科博館，生命科學館。

墜落，貓女感覺到自己正在墜落。

那是一種很特殊的墜落感，像是從孤立的山峰上，背對著下方深不見底的黑暗山谷，雙手張開，往後仰躺而下，像是躺入了無邊無際的虛無之中。

空虛，無奈，漂浮，失速般的墜落感。

來自她被這其中一隻迅猛龍羅賓漢J的一爪，爪過了胸口，鮮血噴濺的同時，貓女開始失速……

第五速度界域，第四速度界域，第三速度界域，最後墜入了第二速度界域，甚至將墜入速度的最底層，和蝸牛同樣層次的第一速度界域。

這樣的失速，讓貓女產生了虛幻墜落的錯覺，而當她產生了這樣的錯覺，她同時知道，死神已經來到了她的身畔，當死神在高速中宛如隱身，一定會變得更加危險。

死神，就是那四隻迅猛龍，編號44號羅賓漢J。

貓女躺在地上，胸口的血不斷流出，她還有八條命可以死，但如果自己還比那四隻臭龍還要慢上一個速界，八條命耗盡的速度，恐怕只是一眨眼而已。

華佗安排遠古的速度之王在生命科學館，來對付貓女，還真是思慮周全，就是要完全滅殺貓女。

不知道H所在的地球環境廳或是吸血鬼女的人類文化廳，是否也遭遇了一樣的險境？

比起吸血鬼女，貓女更擔心少年H……因為華佗深知H的難纏，一定會派出最強的高手對付他。

心念一閃而過，想到這裡，貓女倒是忍不住笑了。

怎麼自己快要被迅猛龍的爪子大卸八塊了，還在想少年H的事呢？人家說，人一旦戀愛就會傻了，難道是真的嗎？

H啊H，如果是慢吞吞的你，深陷如此險境，你又會如何應對呢？

貓女想著，周圍快到隱形的遠古殺手，已然逼近，貓女就算失去了速度，也知道「牠」

已然逼近。

爪子，就在距離自己臉龐只有一兩公分處，有如死神鐮刀般，劃著一條條美麗卻又令人顫慄的弧線。

H啊H，如果是很慢的你，你會怎麼做呢？貓女慢慢閉上眼，在垂死前，她任性地讓自己思念著心裡的那個人。

然後，冷鋒之氣陡增。

龍爪來了。

H……

會，怎麼做呢？

忽然間，貓女不自覺的，嘴角，上揚。

而戰局，也就在這嘴角上揚的瞬間，產生了變化。

對了，H，如果慢吞吞如你，應該會這麼做吧？那我也來試試看好了。

摔落在地，滿臉疑惑不知道自己為何被擊敗的，是編號44號迅猛龍。

「剛剛，怎麼這麼慢，我卻，被摔在地上？」他用他有限的話語，乾啞地嚷著。

剛剛到底發生了什麼事？時間倒流，又回到那三秒前。

44號迅猛龍，龍爪在空中劃出一條弧線，雖是弧線，但因為在極致的第六速度界域，所以從外看去，已經是無懈可擊的直線。

這條直線經過了任何物體，都會直接將其切成兩半，當然也包括了貓女的身體。

但這條線卻在逼近貓女的身邊時，產生了奇異的彎折，像是筷子放入水中般，產生了光影的折射。

折射一歪，頓時讓44號的爪子，偏了幾公分，沒穿過貓女的身體，緊接著一股失衡的力量，更讓44號跌倒在地。

牠急忙一個翻身，雙腿奔跑起來，再度拉回第五速度界域，避免貓女快速反擊。

只是44號不懂的是，龍爪的彎折從何而來？剛剛到底發生了什麼事？

更異常的是，貓女露出輕鬆淡然的微笑，這樣的微笑，與過去貓女一貫迷人中帶有殺氣的笑容不太一樣。

反而像是領悟了人生哲學的得道高僧，出現在黑髮豔麗的貓女臉上，有些突兀，但卻又在突兀中有著其獨特的魅力。

44號感到困惑，不敢妄進，只是以高速在貓女身邊繞著，然後，腳往前一踩，龍爪再次出擊。

44號是四隻迅猛龍的首領，更是唯一一個到達第六速度界域，對自己的速度，力量，機智，戰鬥意志都有一定的信心。

但，牠還是不懂。

眼前這個貓女，閉著眼，手腳慢慢揮動著，看起來簡直就像是一個毫無抵抗的肉靶，但這肉靶為什麼就是打不下來？

這一爪，牠對準了貓女的額頭，就要一爪穿入。

然後，奇異的扭曲感又來了。

44號看見貓女閉上了眼，只是雙手慢慢地往前推，看似慢，卻追上了龍爪的速度，然後在雙手掌心細捧下，龍爪的方向歪斜了。

那歪斜，像是被帶入一個緩滿卻又充滿力量的水流中，龍爪無法抵抗，沒有半點可以支撐的點，就這樣歪斜了。

這一歪斜，對用盡全力將全身力量都投入速度的刺客來說，豈只危險，簡直就是致命。因為，44號已經看見了，那被拉走的龍爪，竟然奇異地轉了一百八十度，朝著自己的腦門而來。

鋒利絕倫的爪，就要輕易貫穿自己的腦門了。

「也許你會感到疑惑，但這樣的招數，是有來歷的。」貓女慢慢推移著她的雙手，「它很慢，甚至慢過了第一速度界域，它比蝸牛更慢，它慢到像是植物的生長，但因為慢，所以它極有力量。」

「這一招也許是第零速度的界域，而它的名字，」貓女嘴角揚起，竟帶著甜甜的戀愛味道。「就叫太極。」

太極。

少年H縱貫整個地獄遊戲的絕招，講究的是慢，貓女多年處於極高速的世界，竟能在一瞬間就領悟，也算是一個戰鬥天才了。

如今，太極將如同當年地獄列車上，少年H將逆轉貓女的力量，再次讓貓女將44號徹底擊敗。

「想殺我？再等，一億，年吧！」44號看著眼前的爪子，已經近到不足兩公分，忽然，牠身軀急扭，手臂傳來清脆的咔一聲。

牠竟然完全以力量，直接扭斷自己的臂骨。

臂骨一斷，頓時讓龍爪失威，不只如此，44號眼睛大睜，另一隻龍爪竄出，再度插向貓女眉心。

這一下，實在漂亮，不愧是地球上稱霸億年的速度帝王。

而貓女則因為初次使用太極，尚未熟練，卸去第一次龍爪之後，面對突如其來的第二次龍爪，竟沒來得及反應。

噗的一聲。

貓女的眉心，被龍爪穿入了。

鮮血爆開，威力駭人，以一隻斷臂換來逆轉，果然破解了尚未熟練的太極絕招，摘下了貓女的命。

貓女輸了？這場從巔峰的第六速度界域，到極慢的第零速度界域的戰爭，就這樣結束了嗎？

「速度的，決戰，還是，老子，獲勝。」44號大笑著，「嘎嘎，哈哈，哈嘎哈。」

只是，當44號笑著笑著，原本的狂笑聲卻突然停住。

因為他感受到了，一雙冰冷細嫩的雙手，竟然捧住了牠的雙頰。

這雙手的主人，這雙手的主人，這雙手的主人……

44號迅猛龍睜著眼，看著眼前那迷人的微笑。

「我的爪，貫穿，妳的腦，妳，妳，應該，死了啊。」

「抱歉，我作了點弊。」迷人微笑的主人，語氣甜膩。「我剛剛沒有說，我剛好有九條命！」

「九條命……」44號的臉被貓女雙手緊緊捧住，44號知道自己逃脫的速度，絕對比不上對方發招的速度，只能睜著眼睛看著貓女。

「同為速度之王，我會給你一個痛快，啾咪。」貓女一笑，捧住44號的雙手，同時伸出貓爪，然後交錯割下。

結束。

迅猛龍的臉，就這樣眼睛、鼻子、耳朵、牙齒全部分離了，被切成大大小小，整整齊齊的方塊。

「贏了。」貓女看著地上四具橫躺的迅猛龍羅賓漢J屍體，貓女悄悄地，吐出了一口長氣。

這一口長氣，已是貓女對這場戰鬥，以及戰鬥的對手極高的評價。

因為這是貓女很罕見的，對於激戰之後，感到一絲鬆懈的長氣。

第六速界嗎？

要不是自己在最後一刻想起了少年H，要不是她擁有傲人的九條命……此刻躺在地上的，大概就是自己吧？

貓女閉上了眼，旋即又睜開了眼。

「我想你們會輸，應該是輸在『時代』吧，在你們那個蠻荒的時代，速度力量就是一切，但現在呢？」貓女淡淡笑著，「不只生物的物種種類暴增了千倍，速度與力量不再只是唯一的勝利條件，這『太極』就是最好的例子，只要懂得慢，就不怕快……」

說到這，貓女微微一頓，隨即淡淡的笑了。

「不過說這些，我猜你們也不懂吧。」貓女說著，「也許戰死也好，你們的出生原本就違背了天道，希望你們死後回去自己熟悉的世界，再盡情奔跑吧。」

貓女的目光離開了地上的四具迅猛龍屍體，轉而看向生命科學館的底端，那裡有一座被關上的深綠色鐵門。

鐵門後，就是生命科學館的出口，換句話說，也會是最後舞台太空劇場的入口了。

「羅賓漢J啊，雖然老娘從來沒有當過你的手下，」貓女凝視著鐵門。「但光看你曾經領導過H，吸血鬼女，狼人T這些大傢伙，就知道你肯定是一個人物，嘿，所以，老娘就賞個臉，親自來救你了！」

獵鬼小組六號，貓女，正式突破生命科學館。

科博館，地球環境館。

2373號的羅賓漢J，身負古老馬雅氣候之神恰特的血緣，他是主宰者，主宰著雷電，雨水，以及暴風，強襲少年H。

而原本透過巧妙的太極卸勁，一直與風雨雷電僵持的少年H，卻在此刻停止了防禦，反而放下了雙手

電光炸裂，雨水亂綻，強風狂舞，狂暴的氣候異常，頓時重擊了少年H的身影。

「你不擋？」2373號羅賓漢J露出古怪神情。「你不知道我的雷電風雨很強嗎？」

這波雷電過去，少年H滿身傷痕，衣衫破爛，嘴角滴下絲絲鮮血，但他沒有回答，只是緩緩舉起雙手，然後合十。

宛如戰場中的高僧，不言，卻已道盡一切。

若我不入地獄，誰入地獄？

「別學什麼佛啊，再打下去，你會死！」2373號看見少年H的模樣，他莫名的暴躁起

來。「給我下去，雷電，風，雨，十成力量！」

下一刻，少年H的頭頂天花板，再度捲動出層層濃烈的烏雲，烏雲中電光閃動，十餘道雷，伴隨狂亂雨勢，捲著能吹垮大樹的狂風，直襲而下。

這樣的天氣猛擊，別說一個人，就連一座城市都會因此被重創了……但少年H還是什麼都沒有做，只是合著雙手，表情平靜溫柔。

然後，電光，暴風，狂雨，一切又炸裂了。

而當雨息，雷停，風不再吹拂之際……少年H果然還站在原地。

上半身衣物已然蕩然無存，露出衣物下微瘦但精壯的身軀，還有身軀上滿滿的傷口，鮮血，從傷口汩汩湧出。

傷，越來越重了。

「反擊啊，該死，你不是少年H嗎？你不是從濕婆手下逃生，不是擊敗伊希斯，不是化身成魔佛誅殺三百萬玩家的少年H嗎？」2373號羅賓漢J看著少年H，一股無法控制的情緒湧上心頭，他好煩躁，他也不知道自己在煩躁什麼？

是因為與少年H一戰，是他期待已久的戰役，但沒想到少年H竟然乾脆放棄戰鬥嗎？

還是，他其實已經知道，少年H放棄戰鬥的原因，而那原因，是2373號不肯面對的？

遠方的聲音，他早就聽到了。

只是，他不願去聽，也害怕聽到之後所發生的改變。

如今，少年H站在這裡，完全不反擊的戰鬥，正清楚的提醒著2373號……那聲音是存在的！

「不要！不存在！他是不存在的！」2373號大吼，「為什麼不還手，雷、雨、風，給我下去，下去，下去啊！」

雷、風、雨，下去。

又是一陣驚天動地的天氣狂攻。

而當雷氣散去，他，還在原地。

傷得更重，但那抹平靜與溫柔，卻依然在。

這次，少年H抬起了頭，那一雙眼睛，清澈如深山中的湖泊，看著2373號羅賓漢J。

在這樣眼睛注視下，2373號羅賓漢J越來越承受不住，那內心不斷湧現的情緒，他也不知道自己為何瘋狂，他只知道他想要逃避那聲音，從很久以前，就在他耳邊輕輕訴說的聲音。

為了逃避，他唯一能做的，就是繼續轟炸，「給我下去，風、雷、雨啊，繼續，繼續繼續繼續啊。」

又是一陣狂雷狂風狂雨，接連不斷，連續炸了整整三分鐘。

這樣的炸法，幾百人的軍隊，連同軍隊內的戰車火砲都早會被清理的一乾二淨，但這樣的炸法之後，少年H呢？

他，依然在。

連同那一抹微笑，還有那雙清澈的眼睛，也在。

就算他身上的傷越來越重，身形越來越殘破，但他沒有動，就是沒有動。

「可惡！」2373 號羅賓漢J頭髮散亂，不斷喘著氣，「繼續下去，我的雷，我的風，我的……」

又是一陣狂雷，暴雨，亂風襲來，再次將少年H的身影徹底淹沒。

等到這陣天氣異變過去，地上，只剩下一個重傷的身影。

少年H。

他依然沒動，而他那清澈的眼神，依然看著 2373 號羅賓漢J。

「雷……風……雨……」2373 號羅賓漢J氣力已然放盡，他跪在地上，就算放出全力，卻只有幾滴雨，幾陣微風，連雷都沒有下來了。

而就在此刻，少年H終於動了。

全身染血，卻依然帶著沉靜微笑的少年H，慢慢走到了 2373 號羅賓漢J的面前。

「為什麼？為什麼？」2373 號羅賓漢J跪在地上，一邊喘著氣，微弱地嘶吼著。「你為什麼承受得了我的天氣？又為什麼不反擊？你反擊的話，早就贏了啊。」

少年H什麼都沒有說，只是伸出手，摸著 2373 號的頭顱，這一摸，像是父親撫摸著犯錯的小孩，也像佛陀撫摸著惡人，寧靜，祥和，卻讓人忍不住眼眶泛紅。

「H，您覺得，您覺得……」2373 號低著頭，聲音哭泣著。「他，他會原諒我嗎？」

「嗯。」

「我，我的出生，奪走了他的力量，讓他從原本自由自在的山林之神，變成一個垂死枯乾的靈魂。」2373 號哭著，「他，一定不會原諒我吧。」

「嗯。」

「H，您可以告訴我嗎？我該怎麼辦？他會原諒我嗎？奪走他一切的我……」

「嗯。」少年H微笑著，什麼都沒有說的他，卻像是說了千言萬語。

「H，我知道了。」2373 號哭著，哭著，「我知道了，我必須自己找答案，我必須……親自去找他。」

「嗯。」

「那他在哪裡？」2373 號慢慢起身。「您知道嗎？」

少年H的手慢慢舉起，比向了地上。

看著少年H的手指，2373 號先是一愣，隨即像是懂了。「他還在原地，是嗎？」

「嗯。」少年H笑了，罕見地笑了。

「好。」2373 號搖搖晃晃起身，眼淚仍流著。「我這就去找他，我去原地，我會去我誕生的地方，把他找出來。」

「嗯。」

2373 號往前走了幾步，像是想起什麼般，回頭。「H，有件事想請問您，為什麼你敢硬接我這麼多攻擊，你不怕死嗎？」

「我不會死。」少年H一笑，這次，他終於開口了。「在你的攻擊下。」

「為什麼？」

「因為你的電，不是殺人的電。」少年H微笑，「因為他的電，原本就不是殺人的電。」

「啊？」

「快去吧，」少年H笑得很溫柔。「他肩膀上的小麻雀，也很想見見你呢。」

「好。」2373號用力吸了一口氣，他邁開了腳步，朝著地球環境廳外狂奔而去，他要去，無論多遠，多久，耗時多長，他都想見那個人。

那個遙遠的，南美洲，墨西哥，馬雅金字塔旁，悠悠叢林中，那個肩膀上站著一隻小麻雀，嘴裡叼著長菸的醜男人。

「好了，」少年H看著2373號離開的背影，他表情由溫柔轉為嚴肅，「接下來，該去把老大救出來了。」

獵鬼小組五號，少年H，正式突破地球環境館。

第五章　我只是想揍他而已

無人暗巷內，狼人T兩手各抓著兩個熱騰騰的牛肉漢堡，嘴巴兩頰又各塞一個，睜著大眼，看著眼前那位穿著舊西裝的老男人。

那老男人，正是天使團的團長，在戰局即將結束的此刻，方才開始活躍的，老爹。

「我準備了十幾個牛肉堡，每個都現烤現做，你慢慢吃。」老爹說，「邊吃，我有些事要和你說……」

「嗚，說，嗚嗚……」狼人T嘴巴裡面都是牛肉堡，講起話來含含糊糊。「嗚，好吃，再來，嗚，一個。」

「撒旦之所以能違背地獄遊戲規則，進入夢幻之門，就是因為你體內西兒心臟的能力。」老爹說，「而現在，我們要想辦法再啟動一次這能力，而這次要送入夢幻之門，則是你與你的隊友……」

「嗚，獵鬼，嗚嗚，小組？」狼人T眼睛一亮。「你有，嗚，辦法？」

「不是我有，而是我們有。」老爹的手掌打開，一片片亮藍色，宛如細冰，又有如螢火蟲的物質，慢慢飄了起來。「如果，你願意相信我的話……」

這亮藍色的物質，好像似曾相識？是不是當時女神在火車站擺下了擂台，而老爹就是穿著這套舊西裝，以他的能力，打出了這一大片亮藍色物質。

現在，這些亮藍色物質，又再次出現了？它們的能力，到底是什麼呢？

「嗚，什麼相不相信，快點！老子最討厭，嗚嗚，拖泥帶水！」狼人T張開嘴，又把兩手四個漢堡，塞到自己的嘴巴裡，真不知道他嘴巴到底可以塞幾個牛肉堡？

「好。」老爹微笑，「那我就不客氣了，去吧，我的能力。」

亮藍色的物質，從老爹的手心，開始移動了。

而且速度越來越快，越來越快……宛如細冰暗器，直飛向滿嘴漢堡的狼人T。

「啟動吧。」老爹張大雙手，「連接上狼人T的能力，找到地獄遊戲的系統Bug，把那些非破關者，再一次，送入夢幻之門吧！」

而當這些亮藍色物質噗噗噗的射中正在大吃漢堡的狼人T時，老爹自言自語著。「獵鬼小組的夥伴們，老夫能做的事情就是這樣而已，你們一定要去『那個捷運車站』，然後在『那個時間』以前，趕上列車啊……吸血鬼女小姐，我相信妳一定能如我們所約定，將所有的獵鬼小組成員湊齊，完成這次任務的吧。」

太空劇場館的外型是一個壯觀的半圓體，白色與灰色線條交錯的外觀，給人一種質樸但卻深沉充滿力量的感覺。

當少年H、貓女、吸血鬼女人三人同時抵達最後一館太空劇場館門口處時，三個人都一起笑了。

「怎麼回事，大家都比想像中狼狽啊。」吸血鬼女看了一眼貓女，「貓女，貓女妳身上那些大爪痕是怎麼回事？妳剛剛和恐龍戰鬥了嗎？」

「差不多呢。」貓女笑了一下，看向少年H的眼神轉為擔心。「H啊，你傷得好重，怎麼回事？你的對手……」

「沒事。」少年H淺淺一笑。「能用這點傷，換得一個小朋友回頭，值得。」

「嗯。看樣子，我們都遇到了一些厲害角色，但如今，我們也到這裡了。」吸血鬼女吸了一口氣，表情轉為嚴肅。「最後一館太空劇場館。」

太空劇場館，早在數十年前就引入了3D影像技術，並搭配上環繞似的天體螢幕，座椅排列成圓弧形，每一部影像，都能締造出超越一般電影的感官體驗。

然後，羅賓漢J的本體，三人這趟旅程的終點，就在這裡了。

「走吧。」吸血鬼女邁開步伐。

「應該不用買票吧？」貓女看了一眼旁邊的售票亭。

「買票？若真要付票的錢，我們進去找華佗收吧。」少年H一笑。「走，我們一起去救我們的隊長吧。」

走！我們一起去救我們的隊長吧！

正當獵鬼小組三人即將進入太空劇場館時，劇場內，又是一幅什麼光景呢？

這裡，有一座巨大的雪白石棺。

石棺旁，一個老人正宛如老僧入定般坐著，直到他突然抬起了眼，慢慢地說著：「嘿，你們三個終於來了，我等你們好久囉。」

「沒錯，我們也找你好久了。」三個人，當然就是吸血鬼女、貓女，與少年H。

這是他們三個人與華佗的第一次會面，眼前的老人，就是華佗嗎？

打從地獄列車事件開始，華佗這兩字就像鬼魅般，不斷在旅程中出現！是他使用了超越現今醫學的恐怖基因工程技術，以獵鬼小組隊長「羅賓漢J」為基底，不斷的複製出實力逼近黑榜十六強的狂戰士。

這些狂戰士，以竊取群雄的靈力為目的，不斷地介入各場戰役，不只讓少年H等人吃盡苦頭，更讓許多妖怪喪失了原本平靜的生活，淪為華佗的實驗品。

操縱這些狂戰士的幕後主使，宛如地下帝王的存在，便是這兩個字，華佗。

本以為，這尊帝王會以更強勢、更威猛的方式登場，就像是黑桃A項羽或是地獄政府的蒼蠅王，但如今，這始終藏身在複製人之後的華佗，卻像是一個平凡的老者，安靜地坐在這座白色巨棺之前。

臉色平靜中帶著一絲狡詐，看著少年H等人。

「華佗。」這時，吸血鬼女開口了。「你的三館都已經被我們攻破，也代表你手上最強的三員大將都無法阻止我們，快，把我們隊長羅賓漢J……還給我們吧。」

「嗯。」華佗慢慢地抬起頭，眼睛先看吸血鬼女，接著慢慢轉向少年H，最後再看向貓女，那細細的眼睛，像是欣賞藝術品，又像是在看一盤盤美食。「對，你們三個很棒，你們知道嗎？」

「我們很棒？」吸血鬼女皺眉。

「是啊，一個擁有絕佳的吸血鬼血脈，一個是人類武學的經典，一個則是……完美的獸類呈現，如果可以，我真想拿到你們三個的靈力，一定可以做出非常棒的作品，嘿嘿。」華佗說到這，輕輕舔了一下嘴唇。

「你想拿我們……」貓女才開口說話，忽然輕輕一晃，完全感覺不到她移動的情形下，她竟然已經來到了華佗的正後方，而她的爪子，也像把銳利的剃刀，無聲地架在華佗的後頸處。

剃刀只要輕輕一劃，這製造了無數地獄群妖惡夢的男人，就此斷首。

「貓女，妳想殺我嗎？我先說一聲，我沒有武力，我對自己武力也毫無興趣。」華佗嘿嘿冷笑，「不過你真的能確定，如果我死了，你們可以找回你們最親愛的隊長，羅賓漢J嗎？」

「……」貓女瞇著眼，手上的爪子沒有動，身為地獄頭號殺手，華佗說的話，她當然清楚。

而她沉默不動的原因還有一個，就算她熟知三十種以上折磨敵人，逼迫敵人就範的方法，但她就是想不到任何一個，可以對付此刻的華佗。

因為貓女知道，華佗不會在乎。

此人早瘋了。

若不瘋，又如何在地獄掀起如此大浪？

而且當一個瘋子看起來如此冷靜，更讓人知道，這不是個一般的瘋子。

「我猜，妳在想，妳有這麼多種酷刑手法，要用哪一種讓我乖乖就範？」華佗回頭，白眉白鬚拂動，「我想說的是，一來對我沒用，二來，妳可知道我有幾種酷刑手法？」

我有幾種酷刑手法？

貓女聽到此處，悚然一驚，華佗折磨過如此多妖怪與英雄，他到底會有幾種超乎想像，甚至被地獄政府禁用的酷刑手法？

恐怕不止三十種，而是三百種，甚至三千種吧。

「……」貓女沉思之間，沒有動作，卻在此刻，吸血鬼女踏著曼妙的步伐而來，她來到華佗面前，露出冷豔的微笑。

「拿刀子架在你脖子沒用，那換我來跟你談判，華佗。」吸血鬼女那雙金色的眼眸，直直看著華佗。

「喔？」華佗淡然一笑，「妳要拿什麼來換妳的隊長？」

「我的靈力。」

聽到這四個字，貓女和少年H互望了一眼，因為他們都知道吸血鬼女拿出靈力的含意。

被華佗取走靈力後是無法完全恢復的，換句話說，吸血鬼女打算犧牲自己拯救羅賓漢J。

「喔喔喔喔。」華佗聽到這裡，眼睛一亮，更伸舌頭舔了舔嘴唇。「當今前三強的吸血鬼靈力？妳可視靈波是透明色對吧？」

「這你倒是很清楚。」

「不只如此，妳還被德古拉伯爵和血腥瑪莉咬過，妳等於集結了當今最強吸血鬼群的血統，妳的靈力，我要！哈哈！我要！」華佗狂笑。

「那你可以放了羅賓漢J了嗎？」吸血鬼女冷冷地說。

「可惜。」華佗的笑聲，戛然而止，「不行喔。」

「咦？」

「我要的不只是妳。」華佗伸出食指，點過了吸血鬼女，然後往左移動，又點了貓女一下，最後，竟又點了少年H。「你們三個，我全都要了！」

「什麼？」吸血鬼女獠牙露出，以令人顫慄的低沉嗓音如此說道。「華佗，你再說一次！」

「我要你們，三個。」華佗咯咯笑著，不愧是瘋子，吸血鬼女那如深夜的野獸低嘯，完全撼動不了他。「三個，可視靈波，我一定能釀製出極品。」

「你找死。」吸血鬼女往前踏了一步，能輕易抹斷敵人咽喉的雙翅，高高舉起，眼看就要落下。

「殺我啊殺我啊，我手無縛雞之力，實在超好殺的呦。」華佗嘿嘿笑著，「但妳能保證，殺了我之後，能夠找回自己的老隊長嗎？哈哈哈。」

妳能保證，殺了我之後，能找回自己的老隊長嗎？

聽到這句，吸血鬼女那對如大斧的黑色翅膀，就這樣舉在半空中，怎麼樣也砍不下去。

這華佗，明明就沒什麼靈力，明明就弱得不可思議，但為什麼就是奈何不了他？

「哈哈，」華佗笑著，目光看向了始終沒動的第三個人，少年H。「那你呢？貓女的威脅與吸血鬼女的利誘都起不了作用，你要不要也想一想辦法呢？張天師。」

「嗯。」少年H臉上帶著那輕鬆的笑，看著華佗。「那我來好了。」

「來啊。」華佗嘿嘿笑著，「你有什麼招……」

但，華佗的這個字招還沒說完，他的臉頰竟然就歪了。

這一歪，自然不是他突然中風或是牙齒疼之類的毛病，而是少年H往前跨了一步，然後猛然揮拳朝著華佗的右臉，狠狠地揍下去。

「靠。」華佗身體被這拳往外一帶，帶離了巨大的白色石棺，落在地上滾了幾圈。

「沒什麼靠的。」少年H往前奔了兩步，再次舉起拳頭。

砰。

這次是左臉。

而且左臉不只歪斜而已，甚至噴出了幾顆白色的牙齒。

「你真打啊？」華佗哀號，爬起身子就要往旁邊逃去。「你不怕……」

「怕？你都不怕了，我又有什麼好怕？」少年H臉上依然笑得輕鬆，下一秒，他追上了華佗，再賞一拳。

這拳打得華佗在地上跌了個狗吃屎，一邊罵髒話一邊起身，肚子又挨了少年H一腳，在強橫的腳力之下，華佗身軀在空中滾了一圈，重摔落地。

由於落地的位置剛好是臉，所以當華佗起身，地上又多了幾顆沾血的白牙。

只是華佗身軀還在搖搖晃晃，少年H又來了，改變以往總是一手負在身後，一手掌心輕擺出太極的優雅姿態，少年H一拳一拳，像是在街頭幹架，很不優雅，但很痛，華佗肯定很痛。

下一拳，少年H由下往上打，正中華佗下巴，在華佗下巴清脆的骨頭碎裂聲中，華佗的身體像條破抹布般被撞上，然後又一次的臉部著地，又一次留下他嘴裡的白牙。

由華佗的表情來看，真的有夠痛。

少年H的揍法，雖然看似流氓，一點都沒有大師風範，但的確把華佗揍得很痛，很痛！

「H，你……你這是什麼方法？」看見少年H一改過去形象，有如街頭混混，吸血鬼女忍不住嘴巴微張。「這樣……這樣……會有用嗎？」

「……」這時，少年H一個迴旋踢，把華佗踢到了這座太空劇場的牆壁上，然後少年H緊追不捨，又一陣亂拳，猛揍華佗肚子，將華佗釘在牆壁上。

「H，你究竟在幹嘛啊?這方法，會有用嗎?」

「我的方法?」少年H的最後一拳，帶著旋勁，鑽入了華佗的肚子，而華佗肚皮更因為這拳而呈現扭曲的螺旋形。

就看到華佗的表情，扭曲到了極致，原本那一絲仙風道骨蕩然無存，反而像是路邊被人用噴漆和石塊伺候過的偉人銅像。

「對啊，貓女的威脅，還有我的利誘，都失敗了。」吸血鬼女滿臉困惑，「你現在到底用什麼方法……?」

「哈。」少年H最後一拳還停在華佗被捲成螺旋形的肚子上，然後笑了。「其實我沒用什麼方法……」

「咦?」

「我只是想揍他而已。」

我只是想揍他而已?

我只是想揍他而已?!

我只是，想揍他而已????!!!!

「H!」吸血鬼女尖叫，「你是少年H欸，你是地獄列車上的英雄，你是被聖佛選中的人，你是……你是少年H欸!怎麼可以這麼任性!」

「嗯，因為我很討厭他啊。」少年H笑著，這笑像孩童般可愛。「這華佗啊，先不說擅自抓了我們隊長亂改造，還不知道害慘了多少妖怪，這些妖怪無論善惡，至少都依循著自己的生命而活，這人卻為了自己的欲望，讓這些妖怪陷入無邊際的痛苦中……」

「可是，可是，」吸血鬼女忍不住嘴巴微張，向來精於計算和講究攻防戰術的她，完全無法理解這麼率性而為的事。「我們現在正在和他談判，首要任務是救出我們隊長……」

「嗯，是啊，可是，我們都沒有辦法不是嗎？」少年H的拳頭依然停在華佗肚子裡，而華佗因為劇痛，眼淚流滿了臉，鼻涕掛上嘴巴，嘴角更開始滴下白色唾液。

「是……是啊，但不就是應該想辦法嘛？」

「也對。」少年H笑了一下，拳頭終於離開了華佗的肚子。「我太任性了。」

「這才對，我們重新談過。」吸血鬼女鬆了一口氣，帶著歉意對華佗說：「那華佗先生，你還好嗎？我們再重新開始，你剛剛說到你不接受威脅，也不接受利誘，我們再來……」

「什麼再來，少年H你這個混……」當肚子的拳頭鬆開，華佗終於不再被釘在牆上，身軀像條爛抹布般往下滑，他張著滿是鮮血和唾液的嘴，狼狽地怒吼著。

但華佗的怒吼才一半，臉頰又凹下去了。

這一凹，顯然又是少年H的手肘直接頂下去。

「啊對不起，你剛剛講得太大聲了，害我控制不住自己的反射神經。」少年H一笑，收回了手肘。「吸血鬼女，你們繼續，請繼續。」

「你這混蛋。」華佗整張臉歪扭浮腫到一定程度，「你們三個都是混蛋！」

「呃，所以你的意思是……」吸血鬼女歪著頭。

「我的意思是？」華佗怒吼著，「我絕對不會放過你們，我要把你們都煉成……」

華佗的話又沒有辦法說完了，因為他的下巴突然往上，下顎直接咬上自己的舌頭，鮮血也因此從嘴裡噴了出來。

原因，當然又是少年H揮出的拳頭，粗魯但卻異常疼痛一拳，把華佗的下巴由下往上猛打一拳。

「啊真不好意思，」少年H笑。「剛是想聽完你說話的，但手就忍不住揮出去了，聽說你是醫生，不然請你幫我看看，我的拳頭是怎麼回事？」

「你，你，」華佗的舌頭已經被自己咬破，滿嘴鮮血的他，連話都講不清楚了。

「H！別這樣！」吸血鬼女跺腳，「華佗先生，我們剛剛談到哪……你想煉化我們三個……」

「什麼煉化！」華佗張開滿是鮮血的嘴，少年H已經讓他憤怒地進入瘋狂狀態。「我要直接給你最痛苦的……」

就在華佗繼續恐嚇之際，他又看到了少年H的拳頭，乍看下像是街頭混混的拳頭，但握緊如鋼球的拳頭，幾乎沒有風阻的揮拳弧度，還有那鬼魅般的出拳速度，拳頭還沒到華佗的臉，他腦海就無法控制地浮現了剛剛痛不欲生的記憶。

記憶，連接著憤怒、瘋狂、痛恨，還有向來掌握一切如今卻被打得像鬼般的自尊受損……

讓他終於說出了那句話。

「零號！你他媽的，給我出來啊！」

零號！你他媽的，給我出來啊！

也就在這剎那，少年H的拳頭沒有打到華佗，因為一個沉重而巨大的物體，竟從天而降，插入了地板爆出滿天塵煙，後來居上地擋住了少年H的流氓拳頭。

看著這沉重物體，少年H的眼睛眨了兩下，然後笑了。「白色石棺？」

原本被放在太空劇場館的巨大白色石棺，竟然自己動了？

少年H的手慢慢縮回來，同時間，巨棺的蓋子發出宛如牛鳴般沉重的聲音，而巨棺蓋子與本體邊緣，更隨著這聲音，不斷落下細細灰塵。

「要出來了？」吸血鬼女皺眉。

「嗯，要出來了。」貓女歪著頭。

「肯定要出來了。」少年H瞇起眼。

「所以，要讓隊長出來的方法，」吸血鬼女嘆氣。「不是威脅，也不是利誘。」

「而是直接揍華佗一頓？」貓女甜笑。

「……」少年H沒有接話，只是聳肩。「誤打誤撞而已啦。」

就在三人閒談之際，牛鳴聲停了，在這短暫的一秒無聲之後，轟然一聲，整個巨大白石棺的蓋子，這至少三噸重量的蓋子，竟這樣衝天而起，挾著宛如噴射火焰般的煙塵，飛了數十公尺，撞上了太空劇場的天花板！

在這聲砰然巨響之中，石棺一個影子，已然現蹤。

影子身上盤繞宛如絲線的亮藍光芒，朝著三人直衝而來。

第一個衝撞的，是在白色石棺正前方的少年H，少年H低吹了一聲口哨，他的胸口多了一柄箭。

「藍色？」

箭柄上佈滿猙獰呻吟的妖怪之臉，射入少年H胸口，射得少年H身形急退，飛過三十餘公尺後才落下。

同時間，藍色絲線纏繞的身影，已經糾纏上了第二個目標，吸血鬼女。

「可視靈波？」吸血鬼女在瞬間亮出雙爪、雙腿、雙翅，所有的武器全部攤開，因為這藍色身影的靈力威猛絕倫，那是足以當場碾殺群妖的怪物。

吸血鬼女和藍色身影砰砰砰砰砰用超越肉眼的速度混打，短短一秒交手了上千次，最後，吸血鬼女身體往後翻去，同樣的，她的腹部多了一柄箭。

箭上棲息了各式魔靈，每一隻魔靈都在哀號，越是哀號，箭力越強，強到吸血鬼女都因此被震飛。

當吸血鬼女被因此震退，貓女露出了微笑，因為她看到了那藍色身影，已然出現自己面前，自己是第三個目標嗎？

「挺有實力的嘛，隊長，嘻嘻。」藍色身影在貓女面前，直接拉弓射箭，什麼叫做箭是長距離武器？對此人來說，就算只有一公尺也可以彎弓射箭。

而且箭比以往更快更猛更邪，直直穿向了貓女的胸口。

短短的距離，貓女感受到箭散發出的怨靈力量，將她完全籠罩，四肢手腳都被無形的怨靈氣緊緊抓住，就算擁有地獄最快的速度，貓女也沒辦法移動半寸。

然後，箭射中了。

貓女感受來自胸口巨大的衝擊力，然後身體像是斷線的風箏般，往後飛去……

轟！當三位強者都被擊退，這時白色石棺的蓋子，才從天頂落下，爆出一聲巨響。

而巨響的煙塵散去，這藍色影子的真面目終於顯現。

深邃雙眼，高挺鼻子，小鬍子，笑容帶著邪氣但迷人無比，更重要的是，這張臉實在熟悉，因為整座科學博物館，這張臉已經出現了不下千次。

只是，此刻藍色身影的這人，才是這張臉的真正主人。

他的身分，絕對不用多說。

他，就是本體，他，就是打造獵鬼小組傳奇的重要人物，隊長，羅賓漢J。

「哈哈哈，知道我零號羅賓漢J的厲害了吧。」華佗張大滿是鮮血的大嘴，狂笑著，「這個本體在我不斷地淬鍊下，早已煉出了可視靈波，藍色的，明亮而深沉的藍，是多美麗的顏色啊，藍色……」

只是，當華佗驕傲於羅賓漢J煉成了藍色可視靈波之時，他卻忍不住眨了眨眼睛，想用他浮腫烏青的眼睛，看清楚眼前景物的變化……

因為，顏色，變多了。

變多了？

這即將開打的驚天戰場，除了這團亮藍色，又多了一個透明的白黃色，如陽光的白黃色，其燦爛明亮程度，完全不弱於這片藍。

「如果說可視靈波，可不是只有你有呢，隊長。」白黃色的中心，是優雅強大到令人顫慄的黑夜女王，吸血鬼女。

而就在藍色與白色互相抗衡的同時，又一個顏色挾著其柔亮氣勢，奪下了所有人目光。

桃紅色。

而桃紅色之主，當然就是集合美豔與調皮的暗殺之王，貓女。

「只有藍色和白色，有些嚴肅哩，可以讓我的桃紅色參與討論嗎？」貓女微笑著，輕輕舔著手上的貓爪，目光是一觸即發的殺意。「讓我加上一點桃紅色，會可愛許多喔。」

而就在這三色宛如古代三國，將戰場三分之際……

第四個顏色來了，而且這第四色，竟是黑白雙色，白濃厚，黑深沉，兩色盤桓流動，又不互相混色，呈現出一種對美的極致敬意。

而且，這第四色雖然來得晚，其純度與氣勢，不只不下於剛剛三色，更隱隱有獨佔鰲頭之勢，成為戰場上至尊的王。

這王，正是太極。

「抱歉抱歉，晚了。」太極雙色的中心，自然就是少年H。「發功不太順，你知道的，剛剛打過女神，又和恰特的小朋友玩過一陣子，受了點傷，現在終於恢復一些了。」

已經受傷，都有這樣實力，若是完全狀態的少年H，究竟會有多強？

桃紅可視靈波的貓女，陽光色可視靈波的吸血鬼女，黑白太極的少年H，就算此刻的羅賓漢J擁有足以和黑榜十六強匹敵的藍色可視靈波，又能如何？

「現在是一打三。」吸血鬼女雙手抱胸，宛如女王般的霸氣。「怎麼樣，還打嗎？」

一打三？華佗嘴唇顫抖著，他剛剛被少年H揍到失去了理智，將羅賓漢J喚了出來，原本以為羅賓漢J的可視靈波應該能對付得了這三人，沒想到，這三人各執一色，日光白、亮桃紅，還有黑白太極，每一色看起來都不比藍色靈波遜色……這樣的話，還要打嗎？

「零號！回來！」華佗一吼，「回到我身邊。」

聽到華佗的命令，擁有深藍可視靈波的羅賓漢J，宛如機器人般，身形急退，退到了華佗旁邊。

「別以為你們有可視靈波，而且還三個，就有什麼了不起的？」華佗顫抖地站了起來，他不懂，一般的被揍怎麼會痛成這樣，是因為少年H壓根兒就是針對華佗的弱點下去打嗎？還是其實少年H每一拳都有套上靈力？

「就是比你多，多就是了不起，怎麼樣。」貓女手扠腰。

「我還有絕招。」華佗說。

「還有？」

「當然還有！」華佗狂笑，「而且這次你們一定會怕，怕到哭。」

「喔。」吸血鬼女眼睛瞇起，是什麼東西，讓華佗這麼有自信？連三尊可視靈波都不害怕？

當她看著羅賓漢J的動作，感受他動作時所散發的氣息。

那氣息，來自羅賓漢正在抽出的一把箭。

這究竟是一把，什麼樣的箭？

縱然外觀樸實，但卻發出淺淺的金光。

也就是這淺淺金光，吸血鬼女深深的，無法控制的，倒吸了一口涼氣。

同時間，吸血鬼女也聽到了另一個倒吸涼氣的聲音，那是貓女。

因為，她們同時認出了這股金色薄氣的來歷。

悠然的金色靈氣，這也是可視靈波嗎？可視靈波通常只存在強者全力發功時，縈繞他身體外側，那獨特的氣息，因為靈氣太強，已經跨到了人眼捕捉範圍，故稱可視靈波。

但是，那柄箭上，竟然也是可視靈波？箭不是人，自然無法散發靈波，所以這是某人殘留在箭上的。

綜觀地獄人間，竟然有人的靈氣可以強到這種地步，脫離本體之後，直接依附在物體上，真要說，只有一個人做得到……

祂。

赤足，垂首，低眉，踏遍地獄每片荒土，只為拯救眾生，最近的戰績，更是一人屠盡三百萬玩家的，祂。

「哈哈哈，我就愛看你們這種表情啊。」華佗大笑著。「你們認出了這把箭上的靈氣來源，你們覺得自己可以對付祂嗎？」

「……」看著這把箭上的金色靈波，三個人都安靜下來。

「有三種顏色又有啥屁用？一種顏色單吃全部才酷啊，零號，讓他們嚐嚐，站在地獄中所有武器的頂端，超越『活屍之箭』，凌駕『命運之矛』，連『女神之椅』都可以射穿，無懼『至尊無敵拖』以聖佛為體鍛鍊而出的極聖武器……」華佗狂喊著，「聖屍之箭！」

聖屍之箭，也在這瞬間，輕輕叮的一聲，箭尾脫離了弓之弦。

弦的反彈之力，贈與了箭體盡情翱翔的高速，高速中，這散發著淡淡金光，看起來樸拙的一箭，不帶花巧地朝眾人而來。

箭飛得筆直，像是用一支黃筆，架在尺上，在白紙上用力畫上一筆，那樣的直。

直線的終點，是面露凝重的吸血鬼女，是微笑殺氣畢露的貓女，以及看不出表情的少年H。

「『聖屍之箭』上的靈波，很明顯就來自聖佛。所以我們現在正面對最糟的狀況，我們要再對付一次聖佛？」吸血鬼女嘆了一口氣，現在她能做的，就是猛力摧動自己的靈力，她不會放棄，就算面對聖佛，生存機會只有萬分之一不到。

「再對付一次聖佛？」貓女背部的細毛，因為顫慄而一根根無聲豎起。

那對緩慢前進的赤足，屠盡三百萬玩家的驚人氣勢，至今回想，貓女仍餘悸猶存。

箭越來越近。

淡淡金光中，聖佛姿態隱隱出現。

就在聖佛姿態出現之時，可以感覺到天地為之變色，空氣停止了流動，整座太空劇場都產生了奇異的空間扭曲，一切變化，只為了這一箭。

這把箭無論是射中了誰，他都必須承受地獄至尊，聖佛的一擊。

這就是聖屍之箭，華佗畢生追求的武器極致。

但，也就在此刻，一個清朗笑聲傳來。

笑聲之源，竟是少年H。

「華佗啊華佗，聖佛當時縱然入魔，但你帶著此箭要盜取聖佛靈力，祂又怎麼不知道？」少年H笑得清朗，「祂讓你這一箭，就是要親自出手，淨化你這妖魔之體。」

就是要親自出手，淨化這妖魔之體。

也就在這話語聲中，『聖屍之箭』竟然開始減速……減速……就在少年H面前五公分之處，緩緩地停住了。

違背所有的物理定理，什麼動力加速度，什麼重力，什麼第幾運動定律，這把箭，就在空中，沒有任何力量扶持下，停住了。

這一停，給人一種特殊的感覺，這把『聖屍之箭』好像在和少年H對談，更像是在等待少年H做出回應。

然後，少年H點頭微笑，伸出了食指，輕輕將箭鋒轉了半圈，這一轉，剛好讓箭鋒對準了箭的原射者，羅賓漢J。

「此箭威力絕倫，如華佗所言，它代表了聖佛之力，自然能與『女神之椅』、『至尊無敵拖』一樣，站在現今武器的頂點。」少年H低聲說著，像是在自言自語，卻也像是在對聖屍之箭說話……或是，對眼前失去自主意識的羅賓漢J說話。「它一如聖佛，佛一字，代表的是眾生普渡，也代表的是斬妖除魔，絕不絲毫留情……」

「……」羅賓漢J在華佗的控制下，沒有半點自我言語的能力，只是看著少年H，那深邃的雙眼沒有絲毫顫動，無法分辨他是否有聽到少年H的隻字片語。

「佛若出手，自然能淨化黑暗，但淨化過程等同人間生死幾度輪迴，稍一閃失，就是灰飛煙滅。」少年H繼續溫柔低語。「若是如此，你還要嗎？」

若是如此，你還要嗎？

羅賓漢J，這個曾經親率曼哈頓獵鬼小組，多次火裡來水裡去，以隊長之姿將曼哈頓獵鬼小組的名號威震地獄人間的男子。

此刻的他，縱然被控制有如一尊無法言語傀儡，沒有回應，他的眼神連一絲顫動都沒有。

「要嗎？」少年H語氣轉柔，像是對著床邊幼童輕語，又像是對病榻旁老友訴說，卻又更像是對迷途之人，伸出溫暖雙手。

羅賓漢J沒有回應，嘴不能說，手不能抬，他的意識完全被華佗控制，但就在少年H這一聲「要嗎？」的輕語聲中，他的眼神，微微地顫動了一下。

這輕輕的一顫，似乎對所有的問題，都給了唯一的答案。

「很好，就等你了。」少年H也笑了，然後伸出手，慢慢推向了箭尾，當他的手往前推去，金光泛動，金光之中隱隱出現了第二隻手。

這隻手，佈滿荊棘傷痕，蒼老厚實，但卻透著一股古樸但無法抗衡的力道。

聖佛之手？

於是，當少年H的手推到了底，聖佛之手也同樣推到了底，這把聖屍之箭，順應其勢，開始前進了。

朝著羅賓漢J，開始前進了。

箭飛得很慢，真的很慢，像是要給很多機會，讓受箭者有機會反悔似的，緩緩地飛行著。

一旁，華佗放聲吼著：「躲開啊，躲開啊，笨蛋羅賓漢J！」

羅賓漢J沒動。

動也沒動。

少年H等三人知道，這是羅賓漢J自身的意志。

淨化過程肯定痛苦，稍不小心就會灰飛煙滅，但仍必須做，因為他是羅賓漢J，因為他知道，他的夥伴一直在等他，曼哈頓獵鬼小組仍在等他，完成十餘年前一直都沒完成的，最後一次的任務。

箭還在推進。

這一次的箭很樸實，沒有牽動天地變色的氣勢，沒有足以讓空氣流動的靈氣，太空劇場更沒有因此而震動，但也因為這份樸實，讓所有人明白了一件事……

這才是聖佛，聖屍之箭的威力。

箭，終於來到了羅賓漢J的面前。

然後，羅賓漢J閉上了眼。

接著，箭，就這樣射入了他的眉心。

關於這把箭射入羅賓漢J腦門之後，他究竟感受到了什麼？這也是等到事後羅賓漢J清醒後，少年H等人才從他口中聽到。

在當下，少年H等人只看到箭穿入了羅賓漢J的腦門，然後羅賓漢J的表情，在短短的幾秒內，變化了千百次。

那是快到肉眼完全無法分辨的速度，表情中，有苦，有樂，有悲傷，有歡欣，有離別，有寂寞，有暢快淋漓，也有瘋狂放縱，當表情的變化結束了，羅賓漢J的最後一個表情，是帶著歉意的笑。

歉意的對象，是少年H、吸血鬼女，以及貓女三人。

而他道歉的一句話，是這樣的……

「抱歉，回來晚了。」

回來晚了。

這句話一出，雖然事後吸血鬼女不願意承認，但少年H和貓女都知道，她眼眶紅了。

一滴很清很柔的淚，竟從冷酷如她的臉頰上，無聲滑落。

畢竟，太久了。

十餘年前，地獄列車的任務中，羅賓漢J深陷第二節「酷刑者」車廂，他一人對整個車廂的酷刑者。

何謂酷刑者，就是死前受到各式酷刑的亡靈，由於人類這個該死的種族對於酷刑總是充滿創意，所以酷刑者生前受到的痛苦往往是一般的千萬倍。

而這些死前的恨，化成濃烈到無法被化解的怨念，讓這些酷刑者一個比一個強，一個比一個恐怖，而羅賓漢J，身為隊長的他，為了掩護其他隊友繼續前進，他把自己留下斷後。

一把弓，數十支箭，他成功擋下了滿車的酷刑者。

只是，當戰役結束，眾人發現羅賓漢J時，他已成為不可能被救活的屍體，這具屍體，被地獄醫學局局長華佗假借醫治之名，將這具屍體領走，並展開了長達多年的瘋狂醫學研究。

如今，羅賓漢J在中了這一聖屍之箭之後，終於從無盡的深淵中清醒過來。

吸血鬼女這一滴眼淚，其實流得一點都不冤枉。

因為太久了，真的等太久了。

久到像是地獄列車到地獄遊戲，那跨越數年那樣的久。

如今，羅賓漢J終於醒過來了。

一襲收腰的西裝，背上扛著半人高的銀藍色木弓，一撇小鬍子，笑起來嚴肅中帶著一股與生俱來的風流倜儻，他先是對吸血鬼女、少年H，以及貓女一個深深的鞠躬。

這鞠躬，沒有言語，卻也說了千言萬語。

說著謝謝，這段時間，全靠你們了。

也說著謝謝你們沒有忘了我，千里迢迢，經過多次險戰，只為拯救我一個殘破之軀。

也說著，我，羅賓漢J，終於在地獄遊戲的尾聲，回來了。

當羅賓漢J鞠完躬，他沒有多說什麼，只是轉身，踏著大步，來到剛被少年H揍到鼻青臉腫的華佗面前。

「華佗，既然我醒了，」羅賓漢J微笑，「有些帳，我們也該算算了。」

「帳？」任誰都聽得出來，華佗的聲音，正因為恐懼而猛力顫抖著。「我可是……幫了……你不少哩，沒……有我……你有現在藍色的可視靈波嗎？」

「其實，你對我做什麼，我並不怪你。」羅賓漢J從身後取下了弓，慢條斯理地調整弦的鬆緊，然後又慢慢抽出一根箭，架在弦上。

看著羅賓漢J的那把箭，華佗的顫抖反而停了，露出古怪的笑。「你想殺我？那你不就犯了和剛剛那位桃紅色可視靈波小姐……嗯，叫什麼名字，貓女是嗎？一樣的錯。」

「……」羅賓漢J沒有回答，只是慢慢地把箭架好在弓上，弦，也在他的食指拇指之間，慢慢地被拉開。

「我又不怕死，你來殺我啊。」華佗笑著。

「我沒有要殺死你。」羅賓漢J淡然一笑，這剎那，他的手指鬆了。「我只是要再一次，射出『聖屍之箭』。」

「聖屍之箭？」華佗愕然，「我們偷來的聖佛靈力有限……你再射一箭，不就耗得差不多了……」

「嗯。」羅賓漢J的箭，還是離弦了，細長銀亮的線，離開了指尖，化成一抹顫動的弦波，將羽箭以高速帶向了前方。

箭射出時，更透出隱隱金色聖光，那是聖屍之箭的光芒。

奇怪的是，這把疾射而出的聖箭，並沒有射中華佗，反而在華佗面前十公分處猛然一轉，改變了軌道，往上滑去。

越滑越高，滑到了太空劇場的頂端，箭上的神聖白光越來越盛，然後啵的一聲，化成無數蠕動的白光，白光到處竄動，從各個縫隙往外鑽出，包括門、窗、天花板的縫隙等，最後，完全消失在眾人的面前。

「你到底在射什麼啊？」華佗仰頭，冷笑。「睡太久，讓你連怎麼射箭都忘了嗎？」

「我是睡很久，但箭法可是一點都沒忘。」羅賓漢J露出帥氣的笑容。「這把箭目標不是你，這把箭是為了解放『他們』，就像是聖屍之箭解放了我一樣。」

「解放，他們？」華佗聽到這，整個人愣住。「他們，是誰？」

同時間，這座太空劇場之外，則傳來一陣陣奇異的聲音。

像是野獸吼聲，又像是鳥類尖銳叫聲，更混雜了人類謾罵的叫嚷，甚至是恐龍的咆哮聲，這些聲音混雜著讓大地隱隱震動，正不斷地朝這裡湧來。

「至於，是要殺了你，還是要救你，或是要殺你幾次，再救你幾次，用什麼奇怪的方法殺你，再用什麼讓你終身悔恨的方法救你……這些，」羅賓漢J笑得實在很帥，很閃亮。「就讓他們來決定吧。」

「不，不，不要……不要！」華佗似乎懂了，他們是誰，也就在此刻，門，轟然一聲被撞開。

數以百計，手持著長弓，外型與羅賓漢J有幾分類似，但又像是混入其他妖怪野獸惡鬼魔物血統的怪物們，如海浪般湧了進來。

他們咆哮著，怒吼著，狂笑著，尖叫著，眼中都只有同樣的唯一目標。

那外貌道貌岸然，但嘴裡掉了幾顆牙，滿臉驚恐的老人，華佗。

「結束了。」羅賓漢J轉過身，走向少年H等三人。「聖箭也將他們的意識全部解放了，剩下的，交給他們就好囉，」

羅賓漢J的這句話還沒說完，這群憤怒的羅賓漢J，已經像是瘋狗浪般包圍住了華佗，然後在混亂的笑聲吼聲，與華佗的哭叫聲中，他們拖走了華佗。

帶著興奮、憤怒、怨恨、期待，還有華佗的驚恐，所有的情緒，都一起往門外拖去。

眨眼間，他們就撞破太空劇場的大門，留下一地殘破的行進痕跡，消失在門外。

「結束了啊。」貓女凝視著門外，忽然轉頭看向羅賓漢J。「忍不住想問，『他們』最後會怎樣呢？」

「他們啊，都是被華佗以各種妖物血統改造過的複製人，擁有一定的力量。」羅賓漢J眼神中閃爍著憐憫，「因為他們都是從我身上分化出去的，所以我能與他們互相感應，我想，他們應該會踏上各自的旅程吧。」

「各自的旅程？」

「是的。」羅賓漢J說。「有的妖怪，也許會像是2373號一樣，踏上尋找母親的旅程，有的也許會找一個地方，建立自己的巢穴，有的也許會隱藏自己的力量，努力當一個平凡人……」

「他們的出現，肯定會為整個地獄和人間，帶來改變吧？」

「肯定是喔。」羅賓漢J一笑，「至少他們不會是一群無聊的傢伙。」

「是啊。」這時，吸血鬼女一笑。「但如果鬧過火，我們曼哈頓獵鬼小組可不會袖手旁觀，是吧，隊長？」

「當然，曼哈頓獵鬼小組，絕對不會袖手旁觀的。」羅賓漢J放聲大笑，「放心，有我在。」

只要有羅賓漢J在，身為複製人的本體，他一定能將這些狂暴的力量撥亂反正，化成讓這世界進化，而不是退化的動力。

「下一個問題，」吸血鬼女開口。「就是我們該怎麼進入夢幻之門……」

「這一次行動的召集人是妳，吸血鬼女，我想妳一定有辦法吧？」少年H看向吸血鬼女，微笑。

「是的，我有。」

「喔？」

吸血鬼女邁開步伐，「不過在那之前，我們得先去一個地方才行。」

「哪？」

「捷運車站。」

「捷運車站？」

吸血鬼女大步往前走著，黑色長大衣迎風飄飄，腳下高馬靴踩得地上發出清脆響聲。

「對。」吸血鬼女回頭，「我們得開車去，還有誰想坐我的瑪莎拉蒂？」

「妳的瑪莎拉蒂？」貓女微微皺眉，「不是在剛剛闖進來時，被那些複製人的毒氣之箭腐蝕了嗎？」

「總是得想個辦法，」吸血鬼女聳肩，「修修看囉，不然怎麼在時間內趕到『那個捷運站』呢？」

「嗯。」貓女和少年H互望一眼，短時間也想不出別的辦法，似乎也只能重新啟動那台曾經很帥，但如今可能賣到廢鐵場還要倒貼錢的瑪莎拉蒂了。

「其實，」羅賓漢J低沉的嗓音這時傳來，「我知道別的交通工具。」

「咦？」

「如果你們不介意的話。」羅賓漢J微笑，「畢竟，這是一種……比較另類的交通工具。」

「另類？」吸血鬼女皺眉，「那到底是什麼？」

「是1500號，1501號。」

「咦？」

「就是，你們曾經遇到的夥伴們啊。」羅賓漢J提聲一喊。「出來吧，和F1賽車合體的1500號，還有和響尾蛇直升機合體的1501號！」

就在這一喊後，所有人的耳朵都被一陣低沉且充滿力量的引擎聲吸引，從剛剛將華佗帶走的大洞外，出現了兩個羅賓漢J，不，應該說兩個有著輪子，螺旋槳，用引擎發動，統治賽車場與天空的羅賓漢J。

「這樣都能合成？」貓女吐了吐舌頭。

「華佗可是很瘋狂的。」羅賓漢J朝著1500和1501號走去。「你們，誰要和我一起走？」

「我。」三個人同時舉起了手，然後追隨著羅賓漢J的背影，躍上了這神奇的交通工具。

然後，引擎的轉動速度由緩慢低沉，零點零一秒內拉高成震盪心魄的高速狂嘯，然後轟然一聲，陸空兩路同時挺進，朝唯一目標邁進。

「地獄遊戲不是有內規？」坐在1501號上的，是貓女。「不可以搭乘非遊戲內建的交通工具嗎？」

「也許，但這不是交通工具，他們也是玩家啊。」少年H也在直升機上。

「也是。」貓女笑了，眼睛看向數百公尺下的地面，地面正揚起長長煙塵，1500號F1賽車正盡情狂奔，速度一點都沒有落後1501號響尾蛇直升機。

F1賽車上，乘坐的是吸血鬼女和羅賓漢J。

「目標，究竟是哪？」握著方向盤的，是羅賓漢J，但基本上他沒有花半點力氣，因為F1賽車原本就有自己的意志。

「目標，就是那個紫色的捷運站……」車上，金髮飄揚的吸血鬼女，與宛如地面魔獸的F1賽車，兩者同樣令人目不轉睛。「機場捷運！」

第六章　曼哈頓獵鬼小組準備上車

紫線，也就是機場捷運線。

相較於淡水紅線或板南藍線等這些歷史悠久的路線，這條紫線出現得最晚，而它的功能也和其他捷運線不盡相同。

它的出現，是為了連結機場與都市，所以它長度最長，站與站之間的距離也是其他捷運無法比擬的。

它的載客數也許無法和其他捷運抗衡，卻是台灣交通發展的一個重要指標，因為有了它，每一個來到台灣的外國旅客不用再面對繁雜錯亂的公車系統，不用再考驗他們對計程車司機的溝通能力……

這裡有一條捷運，將帶你離開機場，去周邊最繁華的每座城市。

事實上，大多數東北亞與東南亞國家都早有完整的機場捷運網絡，台灣自詡經濟進步，但這條捷運，已經來得慢了。

幸好只是慢，而不是沒有，這條捷運還是完成了，閃耀著溫柔的紫色，它將承載來到台灣的外國旅人、即將踏出國門探索世界的旅者，以及旅途結束，帶著滿滿回憶準備回家的台灣人。

它是有著旅行夢想的捷運，也是遊子歸鄉的捷運，遲了幾十年，但慶幸的是，台灣終於擁有了它。

如今，它在地獄有了全新的意義。

它是夢幻之門的入口。

此刻，四個獵鬼小組隊員，已經站在捷運站的月台上了。

數十分鐘前，他們搭乘可能是地獄遊戲有史以來最快，也最囂張的交通工具，F1 賽車與響尾蛇直升機，來到此處。

他們並未違反地獄遊戲的內規，因為這兩樣交通工具，其實也算是玩家，他們分別是羅賓漢 J 1500 號和 1501 號。

「難得，時間還有，」吸血鬼女看了一下時間，露出微笑。「打了這麼多場戰役，每場都驚險趕上，難得有一次，在三分鐘前就到了，呼……」

四個人，就這樣站在月台上，距離列車到達，還有足足三分鐘。

「吸血鬼女，所以我們只要搭上這輛列車，就能進入夢幻之門？」羅賓漢 J 問。

「是的。」吸血鬼女打開了手機，裡面有和老爹簡短的對話紀錄。

對話內容，大致是老爹提及，獵鬼小組必須全員到齊，並到達這捷運站，搭上這輛列車，就有機會進入夢幻之門。

而獵鬼小組目前仍缺兩人，落在華佗手上的羅賓漢 J，與被撒旦挖出心臟後丟在路邊的狼人 T。

由於華佗手下部隊戰力驚人，故請吸血鬼女與其他獵鬼小組前去拯救，而狼人 T，則由老爹透過超級電腦找出其行蹤，並盡其所能拯救。

「為什麼，一定要獵鬼小組全員到齊？」貓女歪著頭。「又為什麼一定要搭上這班列車？這列車又為什麼和夢幻之門有關呢？」

「這我也不清楚。」吸血鬼女搖頭，「雖然收集情報是我的強項，我仍無法完全參透其中的玄機，但我想這一切都和老爹的能力有關……」

「老爹的能力？」

「是的，老爹進入地獄遊戲時間極長，更創立了最強團隊天使團，這名號一直到女神團出現才將其顛覆，但就我所知，沒有人知道他的能力是什麼……」

「沒人知道？」眾人面面相覷。

「但至少可以肯定的是，他的能力與戰鬥毫無關係。」吸血鬼女說，「他費了十餘年不斷苦心鑽研的能力，不是為了戰鬥。」

「那究竟是為了什麼？」

「我也不知……」吸血鬼女搖頭。

「也許，」這時，少年H開口了。「就是為了此刻。」

「此刻？」

「是的。」少年H仰起頭，看向鐵道盡頭，那隱隱傳來的震動聲。「為了可能拯救女兒的此刻，那才是老爹修煉能力的目的。」

「嗯。」

「而我們現在能做的，也只有一件事。」少年H慢慢的說著，「就是相信老爹。」

此刻，眾人默默地點了點頭。

這的確是他們最後的機會，進入夢幻之門，中止撒旦的陰謀，並想辦法救回老爹的女兒，他們唯一能做的，也真的只有「相信」一途。

而此刻，距離列車進站，還有一分半鐘。

而就在眾人等待之際，吸血鬼女手機上，跳出了新的訊息，她一看，忍不住笑了。「黎明的石碑，有新的留言耶。」

「真的嗎？不是已經破關了，黎明的石碑還在？」貓女湊了上去，好奇心會殺死貓，更何況貓女是一隻血統純正的千年大貓，活了五千年並不是因為她沒有好奇心，而是因為她有九條命。

「咦？這篇文章在討論……新的道具型錄已經上線了，還多了幾個新道具？」吸血鬼女神情詫異。「其中標價最高的，是編號1414號，聖屍之箭！」

「黎明的石碑？道具型錄？」聽到聖屍之箭，連羅賓漢J都開口問了。「那是什麼？」

「J，你這幾年來都在石棺中睡覺，不知道整個地獄遊戲的玩家，都靠這『黎明的石碑』互相溝通，甚至是擊敗魔佛時的超級道具『當我們同在一起』，也是靠黎明的石碑將人群聚集在一起的……」

「這遊戲還有留言板，這麼有趣？」羅賓漢J露出饒有興趣的表情。

「幾年前遊戲還出了一本叫做『道具型錄』的怪東西，裡面登載了被使用過的道具和功能，什麼女神的椅子、黑蕊花、死海古卷都在裡面，現在又多了聖屍之箭……」吸血鬼女說，「我們來看看，道具型錄怎麼寫『聖屍之箭』的……」

編號1414號，聖屍之箭。

起標價四百八十七萬，很貴的箭，因為目前尚無量產方式，所以只有一把，所以價格會隨時因玩家喊價而產生變化，本遊戲目前正積極和唯一製造商「聖佛」洽談，看能否多做幾把箭來賣……前提是，得讓聖佛先開口說話，不如送他一雙鞋吧你覺得怎麼樣？（代言者，羅賓漢J。）

「代言者是我？」羅賓漢J表情訝異，「這地獄遊戲也太厲害，不只知道聖屍之箭的存在，連代言者都選出來了？」

「很酷欸，剛進遊戲就可以代言，連我都沒有代言過呢。」貓女語帶羨慕，「這裡只有少年H代言過，他代言的是那個什麼……」

「我代言的，是『背不完的十萬個英文單字』。」少年H接口了，「事實上，我有收到代言費喔。」

「真的有代言費？」羅賓漢J再次驚訝，「代言費會是遊戲幣嗎？」

「是啊。」少年H點了點頭，「可別小看遊戲幣，你知道這段時間大家打打殺殺，都沒認真賺錢，但為了趕時間，不知道坐了幾趟火車和高鐵，可都是靠那些代言費。」

「原來錢在這遊戲裡面，也是很重要的。」羅賓漢J想了想，嘆了一口氣，「可惜我醒來時，遊戲已經要結束了。」

「是啊，下一個有趣的遊戲，不知道在哪裡呢……」貓女也嘆了一口氣。

少年H點頭，連向來嚴肅的情報收集狂吸血鬼女，也在這時候沉默了。

地獄遊戲要破關了，不知道下一個更有趣的遊戲，會在哪裡呢？

「不過在破關之前，至少我們可以知道……」吸血鬼女說，「這遊戲最後的祕密是什麼，不是嗎？」

「是啊，不用破關也可以進入夢幻之門。」少年H說，「對身為深入其中的重度玩家，也算是難得的幸運吧。」

「到底是幸運還是不幸運，可真的難說，畢竟此刻夢幻之門裡面，除了女神和阿努比斯，可是連危險致命的撒旦都在裡面啊！」吸血鬼女說。

「嗯，這應該會是我們獵鬼小組，在地獄遊戲裡面，最後一個任務了。」少年H說。

「最後一個任務……」聽到這句話，忽然間，羅賓漢J露出了一個古怪的表情。

而這樣的表情，雖是一閃即逝，卻沒有逃過吸血鬼女的眼睛。

「J，怎麼了？」

「說起最後一個任務。」羅賓漢J笑，「這讓我想起了當年執行地獄列車任務的時候……」

「喔？」

「當時，的確也是我在獵鬼小組的最後一個任務呢。」

「好像有這麼一回事。」吸血鬼女點了點頭。「在進入地獄列車之前，你是有這麼說過……」

「只是沒想到，這個最後任務花了這麼長的時間。」羅賓漢J嘴角浮現淡淡苦笑，整整十年，就是這最後一場任務的時間，但就算這任務再漫長，也終於走到這裡了。

最後任務，即將畫上句點。

而就在此刻，遠方的軌道傳來低沉的列車前進聲，紫線的機場捷運，終於要進站了。

聽著隆隆的軌道聲，所有的人，都不約而同的因為這句「最後任務」而陷入了自己的回憶之中……

羅賓漢J想到的，是那個身穿著農婦長袍，但氣質如公主的女孩，瑪麗安。

她的勇敢，真誠，可愛，是羅賓漢J數十年經歷無數血戰後，最想歸屬的港灣。

說好了，獵鬼小組的任務結束，他將回到地獄第三層，那溫柔迷人背影的身邊，收起了長弓，藏好箭矢，好好與她牽著手，漫步在清晨黃昏，觀賞地獄層層的美景。

所以，羅賓漢J的願望其實不難，就是請地獄政府賜與他一個永不匱乏的生活，以及不被地獄群妖發現的全新身分，讓百戰疲倦的他可以和瑪麗安擁有平靜的日子。

至於地獄政府要如何完全掩蓋羅賓漢J的身分，羅賓漢J很清楚，神通廣大的蒼蠅王一定會有辦法的。

而瑪麗安呢？在人世時和羅賓漢J一同被查理王害死，現在正在地獄政府嚴密的保護下，等待著自己吧。

羅賓漢J手上的弓，不由得握得緊了些。

最後任務嗎？

每個獵鬼小組組員的終極關卡「最後任務」，十餘年前沒有完成，這一次，他可以嗎？進入夢幻之門，阻止撒旦奪取地獄遊戲的破關願望？

捷運列車的聲音越來越近，隧道口也因為列車燈光而亮起，而這時，因為一句「最後任務」而陷入沉思的，還有吸血鬼女。

她想到的，是那個還在現實世界，等她回去的金髮小女孩，她現在應該早已長大，她知道曼哈頓獵鬼小組有完美的後援制度，就算吸血鬼女不在身邊，這小女孩也會受到極好的照料，直到長大成人。

這個吸血鬼女領養回來的人類小女孩啊，應該，剛過十八歲吧。

不知道妳還記不記得媽媽呢？媽媽，好像還欠妳一個，生日快樂的擁抱呢。

想到那小女孩，吸血鬼女的臉上，頓時不自覺的浮現了一個又是期待又是溫柔，又有點歉疚的神情……

「媽媽完成任務。」吸血鬼女自言自語著，「就會回家囉，生日快樂，我的小寶貝。」

列車的燈光已經完全將隧道照亮，車頭的影子，也映照在隧道口，而在列車即將到站時，一個嬌俏的身影沉思著，是貓女。

地獄之初

這短暫的沉默中，她究竟想到了什麼呢？她想到的，是千年前那段青澀的埃及歲月。

那時候，她只是一頭擁有微弱神力的貓，沒有足以驚動地獄的暗殺能力，更沒有能和大神們互相比肩的傲人魔力，她有的，卻是身為小神最珍貴的，熱情。

而擁有這份熱情，想要改善埃及環境的小神，其實還不只她一個，總是插著一根鴕鳥羽毛，臭屁但認真的瑪特，愛說大話但一直闖禍的眼鏡蛇神，還有神力比大家稍強一點，能控制沙漠風暴的賽特。

以及總是酷酷的，穿著黑大衣，愛耍帥的年輕胡狼之神，阿努比斯。

對了，不可以忘記的，是在他們這群小神之中，有如領袖地位的女神，伊希斯。

那時候的我們，是如此的充滿了熱情，如此對改變埃及懷抱著夢想，為了人民勇往直前……直到，那件事的改變與發生，最後，所有人做出了不同的決定。

那一天，貓女悄悄地離開了埃及，而百年後，伊希斯神力如當時預料的無限擴張，成了今天足以和聖佛、蚩尤、濕婆等各大神系之主抗衡的……埃及主神。

而阿努比斯在替伊希斯效忠多年，終於等到埃及平靜，他也悄悄離開了埃及，封印住神力，來到地獄列車之內，當一個小小的車掌。

貓女，好懷念當時熱情的自己呦。

熱情，單純，勇敢，對未來充滿期待，還是小小貓時候的自己。

列車終於在隧道口現身了，伴隨著震盪著月台的軌道鳴動，即將到站。

貓女的眼光，不自覺落在最後一個沉默的身影，是少年的身軀，頂著一顆明亮頭頂的，少年H。

只見他眼睛閉著，身體不自覺的輕輕搖晃著，像是沉浸在自己的音樂節奏裡。

「就這樣吧！」少年H忽然用手拍了一下大腿，語氣雀躍。「對，就這樣！」

「H，什麼這樣？」貓女眨了眨美麗大眼睛，眼中盡是問號。

「第一項食材是高麗菜，但一定要用地獄第五層專屬的超級颱風，所培育出來的『怒風高麗菜』……」少年H再次閉上了眼，嘴裡吐著不知所云的內容。

「啊？超級颱風？怒風高麗菜？」

「除了高麗菜，油也不能隨便，一定得用特級的橄欖油！」少年H繼續輕輕搖晃著身體，一副放鬆到要隨時起舞的模樣。「一定得用上地獄第五層建木森林中，那株獨一無二的橄欖樹，當這株橄欖樹在每日月光與日光交會的那一瞬間，會釋放滿天的美味橄欖油晶珠，一定得用那橄欖油晶珠才行。」

「橄欖油晶珠？」這時，羅賓漢J也被少年H的低語吸引了過來。「橄欖油晶珠，是地獄十層中二十大經典特殊食材之一欸。」

羅賓漢J畢竟擔任過多年的曼哈頓獵鬼小組隊長，對許多奇特事物也有所涉獵。

而就在羅賓漢J和貓女側耳聆聽之際，進入自我世界的少年H又搖了搖身體，開口了。

「除了菜、油，對了，怎麼可以忘記主角，是米啊。」少年H閉著眼睛微笑著。「米一定得去找地獄第一酒商的三釀老人買，三釀老人開的店有名的雖然是酒，但事實上厲害的是米。」少年H邊說著，嘴角慢慢地揚起了。「三釀米，對，一定得用『三釀米』來炒才行。」

怒風高麗菜、橄欖油晶珠，再加上三釀米……一起拌炒？

「你們在聽什麼？」連吸血鬼女也湊了上來。「剛有人說三釀米嗎？」

「妳聽過三釀米？」貓女問。

「當然啊，三釀老人是地獄有名的獨立酒商，每年只賣那麼一天，只賣七七四十九瓶三釀酒，而且完全不接受高官顯貴預訂，一瓶三釀酒，不只網路標價破百萬，更是送禮或賄賂名單上的第一首選。」吸血鬼女說，「而且只有內行人才知道，三釀酒真正好喝的原因，是它的米，三釀米。」

「這麼厲害？」貓女吐了吐舌頭。「那H究竟在想什麼，為什麼想到這麼多奇怪又厲害的食物……」

「嗯嗯，要完成這一盤……」少年H又繼續說著，「蛋也很重要。」

「蛋？」眾人同時咦的一聲。

「說是蛋，其實不是蛋。」少年H說，「得用上火鳥之卵才行。」

「火鳥之卵？」這食材一出現，羅賓漢J和吸血鬼女互望了一眼，然後一起搖了搖頭。

「火鳥之卵每百年就那麼一顆，拿出來還有引發火山爆發的危險，更有火鳥守護，要拿出來大概會費上不少功夫。」少年H一笑，「不過如果是為了這一盤，也值得了。」

「怒風高麗菜、橄欖油晶珠、三釀米、火鳥之卵……」貓女三人忍不住互相看來看去，

「H到底要幹嘛？他想煮什麼？」

「第五樣最重要。」少年H繼續沉浸在自己的世界。「那就是肉，要用什麼肉呢？」

「肉，要用什麼肉呢？」貓女三人也緊張了起來。

「對啊，肉，要用什麼肉才好呢？」

「哪種肉？」貓女忍不住插嘴。「不然用地獄第八層無盡凍原的雪豬的肉？聽說脂肪像是冰霜，一入口就會化掉，濃郁香氣會停留在口中長達一個月，這個月吃到任何食物都會伴隨這肉的香氣……」

「哪種肉？」羅賓漢J也提出建議。「用地獄第二層，西大路牧場養的牛肉吧，西大路牧場很狂，裡面的牛更狂，牛身上的肉又更狂，吃下去全身肌肉賁張，三天三夜不必闔眼，好吃到永生難忘。」

「哪種肉？」吸血鬼女也說了。「不如用地獄第五層一種名為『二之林蚵仔』的肉吧，這屬於海鮮的肉質，其肉吸取了海洋靈氣，吃下去通體舒暢，所有的毒氣在一口氣盡數排盡。」

「哪種肉？」少年H閉著眼，終於，他又拍了一下大腿，想出了和所有人不同的答案。

「就去找人類世界的老阿嬤吧。」

「人類世界的老阿嬤？」貓女三人再次，面面相覷。

「老阿嬤每次過年，都會在陽台上掛上幾條醃上大半年的臘肉，就切幾片丟進這道菜內……應該就完成了。」

「最後是選人類老阿嬤掛在陽台，醃上大半年的臘肉啊，這麼平凡……」但就在這時，貓女發現自己竟無法控制地吞了一下口水，自然而然的分泌唾液，這是對一項食物最高的讚美。「H，你用了三釀米、火鳥卵、怒風高麗菜、橄欖油晶珠，最後再加上老阿嬤陽台上的燻臘肉，你到底要做什麼啊？」

「啊，你們都在聽啊？」少年H看到吸血鬼女、羅賓漢J，以及貓女三人，都目不轉睛地看著自己，搔了搔後腦。「我想要炒一大盤炒飯啦。」

「炒飯？幹嘛炒炒飯？」

「我想，」這時，高鐵已然開始減速，在低鳴微震的煞車體驗之中，少年H露出有些害羞，卻又如朝陽般燦爛的笑。「找所有的朋友，一起聚在一起啊。」

「喔？」

「不過雖然這麼多朋友聚在一起，有的食量可能超大像是蚩尤，有的可能喝水就飽了像是聖佛，來者可能有狐狸、蜘蛛精、籃球選手、音樂家、當過將軍的苦行僧，還有很多的人類，我能想到大家都能一起品嚐的食物……」少年H的臉上，笑容如此親切。「莫過於超大的一盤炒飯而已啊。」

一大盤炒飯啊……

就這這一瞬間，不只是貓女，連同吸血鬼女、羅賓漢J都安靜了下來。

所有人，都在思考著這盤炒飯的味道，以及所有人聚在一起，手裡捧著大碗，大口吃著三釀米，米上黏著火鳥之卵的蛋黃，除了粒粒分明的米，還有爽口多汁的高麗菜，以及不時咬中時，在口中宛如火花般燦爛爆開的濃郁臘肉香。

這，會是多麼棒的一個時刻啊。

而就在同時，原本要減速停車的列車，周圍突然湧現大量的藍光，藍光既像是冰珠，又像是飛舞的螢火蟲，高速中，一點一點黏上列車。

列車似乎有了意識，發出尖銳摩擦聲，並同時開始加速，試圖要擺脫這些突如其來的藍光。

藍光也像是有著自己堅強的意志，就算被高速的列車甩掉，仍在翻滾之後，再次奮力加速，要追上這台紫色捷運。

「怎麼回事？」首先發現不對勁的，是吸血鬼女。「這些藍光是什麼？它們為什麼在追列車？」

「而且列車不想被它們追上？」羅賓漢J皺眉，「這些藍光到底是什麼？」

「不知道，但我猜，這些藍光會和夢幻之門有關……」貓女眼睛瞇起。「我猜啊，藍光若追上列車，夢幻之門就會被迫開啟囉。」

「嗯，看藍光的氣勢，應該會追上列車，只是有點麻煩的是，列車越跑越快，也代表……」少年H說。

「我們可能上不了車？」

「不，正確說法，應該是……」羅賓漢J手握長弓，列車帶來的風吹起了他的髮，而他回頭，笑容充滿自信，一如十餘年前的曼哈頓月台。「我們得各憑本事上車了。」

看見羅賓漢J的笑容，其餘的三個組員，都不約而同地也笑了。

「吸血鬼女，經歷這麼多戰役，妳的翅膀還堪用吧？」

「我想你得先擔心自己，棺材躺這麼久，手腳沒有麻吧？」

「少年H，頭髮沒了，畫符的功夫沒忘吧？」

「還在，而且除了道符，還多了佛印喔。」

「貓女，歡迎妳，新隊員。」羅賓漢J說，「我們獵鬼小組速度很快的，妳黑桃皇后的身手還在吧？」

「嘿，」貓女瞇眼笑，舌頭輕舔手上貓爪，眼神那抹染血的殺氣，仍讓人不寒而慄。「你可以親自來試試啊……」

「哈。」羅賓漢J大笑，笑容中沒有半點懼意。「可惜四號狼人T不在，但我想，他一定會跟上的，畢竟……」

「我們，」四個人同時邁開步伐，開始追上列車。

「可是，」羅賓漢J甩開了長弓，吸血鬼女張開了翅膀，貓女伸出了雙爪，少年H呢？則是開始微笑散步。

「曼哈頓獵鬼小組呢！」

「獵鬼小組一號，準備上車。」

第一個出手的，是羅賓漢J，他轉身背對疾駛而來的列車，對眾人一個紳士的鞠躬。

鞠躬才到一半，他的左手往後一伸，輕鬆的把背上的弓，往疾駛的列車甩去。

這次他沒有再彎弓射箭，而是單純地甩出了弓，弓的邊角，頓時勾住這台疾衝而來的列車車窗……然後將羅賓漢J猛力往前拉去。

羅賓漢J的身體就算被列車往前扯去，但他依然維持著冷靜笑容，一個翻身，翻上了急速的列車頂上，然後右手掏出一把箭，朝著車頂猛然插下。

箭鋒綻放強烈藍光，這是羅賓漢J專屬的可視靈波顏色，當箭鋒插入車頂，靈波頓時炸開，將羅賓漢J整個人完全吞噬。

當藍光散去，車頂上，已無羅賓漢J的身影。

「老大進去了，換我。」吸血鬼女也開始加速，她的翅膀展開，用力拍動數次，每拍一次，速度就陡升一倍。「獵鬼小組三號，吸血鬼女準備上車。」

每拍一次，也就讓吸血鬼女更接近列車的速度。

當翅膀拍動到第五次，吸血鬼女與列車的速度已然完全相等。

「按照地獄愛因斯坦的相對論，如果行進間的兩者速度與加速度完全相同……就沒有相對速度，說白話一點，」吸血鬼女身體平平地往前飛行著。「就是我可以當作列車是靜止的。」

要讓飛行速度與列車速度完全相等，這也必須仰仗吸血鬼女超卓的速度控制力，她必須考慮到自己翅膀的力道、風的阻力，與高速列車並排前進時，因為短暫真空產生的吸力。

但，吸血鬼女不愧是精算宅女……不，不愧是精算戰術家，這些都全然在她掌握之內。五下拍翅，精細到毫米等級的尺度掌握，極度細緻的力道控制，讓她和列車完全平行。

然後，吸血鬼女只是輕輕地往旁邊跨了一小步。

就這樣，她完全站穩在列車之上。

「接下來，就是怎麼進去的問題了。」吸血鬼女站在列車上，翅膀仍張開著，讓自己速度與列車完全平行，接著，她用了牙齒。

美女咬車，畫面有些怪，但也有一點美，一點暴力，然而無論這畫面有多麼古怪，不過至少，她很有用。

吸血鬼女叼起了一大片列車鋼片，然後呸的一聲，吐掉了這口鋼片，鋼片約莫一點五公尺見方，在高速行駛的列車上滾落，撞擊到窗戶及月台邊，頓時爆出驚人巨響與火花。

而當所有人的注意力從巨響和火花中移開時……吸血鬼女那襲黑色長大衣與華麗大翅膀已經消失在車頂上了。

上車了？

第二個隊員上車了？

這時，留在月台上的隊員還有兩名，是曾經共同經歷過幾次生死，互相欣賞，也是互相依賴的兩人。

貓女與少年H。

列車仍在疾衝，越是後面上車的人，其機會越渺茫，風險也越高。
只見少年H淡淡地攤開手，做出禮讓的姿勢。
「妳請先，貓女。」少年H微笑。
「H，我了解你的實力，那我就不客氣囉。」貓女甜笑，她是女王，但女王也想要有被人疼愛的時刻。「換我囉，獵鬼小組六號，貓女，準備上車！」
貓女站上了前，她緩緩地張開手，像是要高空跳水前的選手，閉上眼，周圍轟隆轟隆的列車行駛聲，在這一刻彷彿距離她好遠好遠，一切，都安靜下來了。
接著，貓女緩緩地往前傾。
緩緩的，緩緩的，朝著不斷往前疾衝的列車邊側靠近。
十公分。
貓女長髮拂動，急速行駛的列車，撕裂著空氣，它周圍的一切都變得模糊，包括貓女姣好的面容。
五公分。
貓女的臉，越來越貼近列車，不斷穿梭而過的車窗，眼看就要撞上她精緻的五官。
但她，依然維持著那優雅跳水的姿態。
緩緩下墜。
一公分。
零點五公分。

零點零一公分。

零點零零一公分。

然後，碰觸。

下一瞬間，貓女消失了。

消失在零點零零一秒的這一瞬間。

接著，少年H笑了。

「這麼酷的上車方法，叫我怎麼跟著上啊。」少年H大笑。「用零點零零一秒的距離，在零點零零一秒的時間內，提升自己的速度和列車同步，然後像是散步般挪一下步伐就能踏上列車，速度女王貓女，依然是速度女王啊。」

速度女王，貓女。

此刻，她已經悠然站在列車車頂，對少年H輕吐一個飛吻後，用她貓爪在車頂上劃了一條小縫，然後纖細靈巧至極的她，順著那小縫，滑入了車廂內。

獵鬼小組，六號，貓女，正式抵達列車。

此刻，月台上，只剩下一個人了。

少年H。

他精瘦的身形，傲然站在月台之上，而他面前的地獄列車，已經衝到了尾聲，眼看就要完全通過月台了。

「要安全上車，關鍵在速度。」少年H閉上眼，「羅賓漢J用弓勾住列車，讓自己速度與列車同步，吸血鬼女透過飛行，讓自己追上列車，而貓女則玩了一個超高速移動，在零點零一公分的距離，讓自己速度提升到與列車同步……而我呢？」

「我沒有堅硬的東西可以勾住列車，也沒有翅膀，更沒有貓女那嚇死人的速度……」

話雖如此說，少年H臉上仍帶著輕鬆的微笑，一邊舉起了手。

他的手在空中，以圓形方式，慢慢繞轉著。

一開始繞轉時，看起來只像是在做清晨運動的伸展操，但當他的手多繞了一圈，周圍的空氣，竟然開始隱隱的震動。

原本透明的空氣，在少年H繞轉的手臂路徑上，竟然像是有了紋路，越是繞，紋路就越清楚……

當紋路清楚到了極致，一個黑白盤桓，隱隱挾著風雷之威的太極圖騰，已然成形！

而少年H就在此刻目光閃爍精光，左腳定住如木樁，右腳往前一迴，身體繞了半圓，雙手夾著鮮明的太極圖騰，猛力朝列車推了過去。

他要推列車？少年H到底要幹嘛？

「要安全上車的關鍵，就在速度。」少年H淡淡一笑，「既然我慢吞吞快不了，那只能請列車稍微慢下來一點囉。」

慢下來一點？

就在這句話說出的同時，少年H雙手的太極圖騰與列車正面碰觸，爆出如火焰般燦爛的光芒，兩股驚天動地的力量，在此刻交鋒。

地獄列車，這來自地獄政府最古老的送魂之車，其設計者與打造者早已無從考證，但它表面那些活體與乾屍，就是守護它力量的證明。

每日一班，載運亡靈的它，除了那次「地獄列車事件」之外，千年來從未失敗，而那次地獄列車事件，事實上也不是由外部被破壞，而是透過濕婆等大神精心策劃，由內部的木乃伊二十九開始，散發出的暴亂病毒……

如今，少年H竟然打算以一個火太極圖形，撼動這千年不敗的地獄列車。

成功了嗎？少年H會成功嗎？

太極圖燃上火光，這正是少年H取自濕婆與聖佛兩者的力量結晶，也就在這一瞬間，列車呼嘯過空氣的聲音轉為低沉，輪胎發出滋滋尖響，高速衝刺時眼花撩亂的窗戶變得清晰……

它減速了，是的，少年H用他的一招太極，讓縱橫人間與地獄的這輛千年列車，減速了。

「雖然只有不到一秒的時間，但這樣就足夠囉。」少年H一個燦爛笑容之後，小跑步一下，就跳上了這輛短暫減速的狂暴之龍，地獄列車。

然後，就在一下子之後，地獄列車恢復了狂暴，扭動自己的長長身軀，撞破了少年H放置的火太極，在迸裂的火焰碎片中，宛如狂龍再度往前衝去。

眨眼間，列車就離開了月台，徒留下隨風吹起的零落紙屑，還有一座空蕩的老舊月台。

羅賓漢J、吸血鬼女、貓女，以及少年H，獵鬼小組中的四人，都已安然上車。

但，說好的四號呢？

說好的狼人T呢？

一陣風，吹過月台上的幾張紙屑。

但紙屑之中，卻有個東西顏色頗為奇怪。

深棕色，細細長長，輕飄飄的，混在飛舞的報紙、飲料包裝紙之中……它的樣子，似乎是幾根獸毛。

但是什麼樣體積的野獸，會有如此長的獸毛？又是什麼樣的野獸，膽敢出現在獵鬼小組會出沒的深夜月台？又是一頭什麼樣的野獸，會出現在地獄遊戲的夢幻之門前？

不知道……

只是這根獸毛飄啊飄，終於，當列車衝過的風終於完全止息……獸毛也終於緩緩地飄落。

落在一雙黑色老舊的皮鞋前。

一隻手撿起了這幾根獸毛。

然後，手的主人嘴角慢慢揚起，語氣懇切。

「我的女兒，就靠你們帶回來了，獵鬼小組的老友們。」那聲音透露著蒼老。「我唯一能做到的，就是用我的能力把你們送上列車，剩下的，就要拜託你們了……」

第七章　耶夢加得

腳提起，鞋尖輕觸地，少年H已踏入了列車末節之中。

沒錯，這裡已經是地獄列車的內部，一切故事的開端，如今，也將成為故事的尾聲。

少年H仰起頭，環顧周圍，感受著熟悉卻又許久未見的景色與空氣。

他笑了。

好久不見啦，地獄列車，沒想到，透過夢幻之門，我們又回來了。

「記憶裡，這最末一節的車廂，編號十三，當年地獄列車上，正是押解犯人木乃伊二十九的車廂。」少年H微笑著，抬頭挺胸，穩穩的往前走著。「不過這一次，還真的不知道自己會遇到什麼。」

少年H在這片帶著前進時隱隱震動的黑暗中，沉穩地走著。

直到，少年H耳膜微微震動了一下，他好像聽到了一個聲音。

很細，很尖，很薄，像是一把鋒利絕倫的刀，正以毫米的精細距離從空氣的縫隙中切去……

「這是……」少年H頭猛然一低，那尖薄的聲音，就這樣從他頭上劃過，切斷了幾絲頭髮。

少年H才剛低頭，第二次的薄音，又來了。

它高速且鋒利地切開空氣，朝少年H的腹部直線割來。

「厲害。」少年H一個翻身，身體躍起，再次驚險躲掉這一次的薄音之刃。

接著，又是第三次薄音，速度更快，空氣顫慄的聲音更強，直直地劃破空氣，朝少年H的正前方鼻子，切了過來。

這一切，看似大中至正，事實上卻是完全封鎖了少年H的逃脫路徑，要逼少年H正面對決。

而少年H呢？只見他嘴角輕揚，同時間雙手左右合一，姿態宛如潛心禮佛的僧侶，嘶了一聲輕響。

接住了。

少年H看到了自己的雙手之間，所夾住的，是一把斧。

斧身極薄，黝黑無光，正適合在黑暗中潛行……少年H感到納悶，地獄中有哪一個用斧好手，用的是這種斧？

直到，他聽到了一聲宛如牛鳴的鼻息。

「哼。」

然後，斧鋒橫轉，震得少年H雙手離斧，同時間斧面水平一迴，就要將少年H的胸口切出一條開膛之口。

驚險之間，少年H手上太極運勁，輕按斧面，然後借力使力，身體輕飄飄地往後退。

後退之際，卻見少年H雙手抱拳，朗聲笑道：

「多年不見，你的斧功進步驚人啊。」少年H大笑著，「地獄雙使之……牛頭！」

黑暗中，鼻息聲再起，一雙火紅雙目，透了出來。

牛頭，正是牛頭！

當年地獄列車上，負責押解木乃伊二十九，也是第一位感染暴亂病毒的押解官，牛頭。

這場曾讓獵鬼小組全軍覆沒的地獄列車之旅，再次由他敲響第一聲戰鐘了！

牛頭的斧，極度危險，雖然斧本身屬於粗暴型的武器，不講究暗攻，講究的是強殺，但從剛剛那幾下交手來看，眼前這名牛頭已經將橫掃戰場型的武器，發揮到了另一個新的境界，強有強殺，暗有暗攻。

雖說這樣的斧的確很危險，但是，怎麼會難得倒經歷過諸神大戰的少年H？

真正讓少年H感到戒慎的，事實上是握斧的那個人。

牛頭。

他到底是地獄遊戲創造出來的幻影？還是當真是地獄內中國使者的代表，牛頭？如果是前者，少年H根本不用客氣，手上火太極升到極致，管他三七二十一碾過去，讓他化成一片道具就對了。

但是，如果他真的是牛頭呢？少年H就必須在避免對方受傷的情況下，將其擒獲。

而一種古怪的直覺正告訴著少年H，眼前的牛頭，應該是……

真的。

但，如果是真的，牛頭為何會進入地獄遊戲，甚至進入這夢幻之門中？又為何變得如此強橫？

「牛頭，我知道你是本尊，我不懂的是……」少年H看著眼前的牛頭，他雙目血紅，鼻孔不斷噴出象徵著暴怒的氣息。「你為什麼要來到地獄遊戲？又為什麼變得這麼……凶暴？」

「我，為什麼來到地獄遊戲？我，為什麼變得這麼凶暴？我，為什麼今天要站在這裡，他媽的還不是因為……」牛頭掄起大斧，發出驚天動地的牛吼，「你這兔崽子啊！」

「我？」

少年H還沒意識過來，斧頭鋒面那道銀色光芒，已經筆直地朝少年H的腦門，劈了下來。

少年H一個側身，手心浮現太極，有驚無險將這一斧推開。

「對，他媽的就是你！」

牛頭的這一斧落了空，餘怒未盡，斧由雙手轉單手，靈巧度頓時提升，然後一個橫劈，朝少年H的腹部掃了過去。

斧頭橫掃而來，少年H一個縱躍，斧鋒從少年H腳底滑過，差點削下少年H的鞋底。

「我？」少年H還是不懂，「這幾年來我們都沒有見面啊，上次見面，不就是在地獄列車上嗎？那時候你中了暴亂病毒……」

「是！我是中了暴亂病毒！」牛頭狂吼著，斧頭輕拋，由左手換成右手，雙手互換，攻擊角度頓時大幅改變，這樣的動作可逼得對手被迫臨時改變守備方位，致命的破綻，往往就在此時露出。「但你真的他媽的忘記，你對我做過什麼事了嗎？」

「對你做過……」少年H面對突如其來的換手攻擊，他被迫再度使出太極，護住胸口，硬是接了這一斧。

斧勁強橫，讓少年H硬是凌空飛了數公尺，飛到了車廂盡頭，才勉強停住。

「什麼事？」少年H換口氣，抓了抓頭髮。「我忘了。」

「對，就是『忘』這一個字，才更讓人痛恨啊！」牛頭怒吼，這一次，他右手猛然一甩，斧頭，就這樣在空中盤旋出奪命迴旋，砍向了少年H。

「我，忘記？冤枉啊。」少年H看著那飛來之斧，其角度和速度都無懈可擊，加上車廂實在狹小，似乎只剩下硬接一途。「那時候你中了暴亂病毒，我先將你擊敗，用八卦鏡先收了你，然後……」

同時間，斧頭到了。

斧鋒，撞上少年H手中的太極圖形，來自牛頭威猛的靈力，讓少年H再退一步，背脊已經抵上了車廂牆壁。

「對啊，你還記得前面的片段嘛，然後呢？你說，然後呢？」牛頭大吼，身體開始往前衝，直衝向大斧，顯然用身體要替這斧，再加一把勁。

「然後……」少年H雙手撐著斧，眼看牛頭氣勢萬千地奔馳而來，他突然啞了。「對欸，然後呢？」

然後呢？對，八卦鏡之後呢？

「你終於想起來了吧？」牛頭狂吼，吼聲震動整個車廂。「沒有然後！你把我忘在八卦鏡中了，你後來有拿出來過嗎？沒有！你後來有把我放出來嗎？沒有！你知道只出場一集，又只有三頁的怨念有多重嗎？」

狂吼聲中，牛頭的那對巨大牛角，已經頂上了少年H面前的大斧。

斧與角，兩力相乘，威力豈只倍增。

這一次，少年H的背壓入了車廂盡頭的牆壁中，厚實的金屬之牆，竟然開始凹陷。

「我……」少年H啞口，該死，當年他的確忘記了……

忘記把牛頭放出來了，我的天，牛頭到底被關多久了？

「所以當撒旦來到八卦鏡中，把我放出來時，他要將力量給我，我答應了。」牛頭的後腳跟踩出了一個印痕，尖銳的雙角透過斧頭，不斷頂著少年H的身軀。「H，我回來，就是為你啊。」

「對不起。」少年H咬著牙，他明白為何牛頭的力量強到這麼不可思議了，原來，就是撒旦。

這次盜取夢幻之門事件的主謀。

從地獄列車到現在，這麼多年了，黑榜上的四張 Ace 終於都攤開了……

霸氣絕倫的黑桃A蚩尤、武力與智慧兼修的紅心A濕婆、狂妄但卻對女神癡心絕對的梅花A賽特，以及這個等到最後一刻才被掀開的最後王者，鑽石A，撒旦，果真不同凡響。

「我，」少年H身體被頂到了極致，深深陷入了彎曲的牆壁之中，以他的能力要脫困並不算難事。

但要脫困，又要確保這老友平安無事，就有點難度。

他該怎麼辦？

當年的地獄列車上，少年H在第十三節車廂內，他驚險擊敗牛頭，將其收入八卦鏡之後，是否還發生了什麼事？

對，還有一件事，被少年H忘記了，當年他就是因為這件事而吃了大虧，差點就被埋葬在這車廂內。

他要想起來，他必須想起來……

「我知道，有了牛頭，就一定有你……」此刻，少年H仰起頭，深深吸了一口氣。有你？聽到這兩個字，牛頭身軀忽然一震，他也想起來了，還有一個人。

那個人，向來與自己形影不離，那個人，地獄列車事件時，與自己共同押解木乃伊二十九，也是那個人，差點成功的偷襲了當年的少年H。

「出來，幫幫你的兄弟牛頭吧！」少年H大吼，「馬面！」

馬面！

然後，這片黑暗中，一條散發著燦爛銀光，有如深夜銀河的鎖鏈，來了。

鎖鏈精準地套住了牛頭的脖子，然後鎖鏈由彎轉直，往後一扯，將牛頭的身軀，猛然後扯！

當牛頭巨大身軀被這條鎖鏈硬是往後扯去，少年H聽到了一個聲線略高的男子聲音。

「真不愧是張天師啊，連我藏身在這，都會被你猜到？」黑暗中浮現的，是一張偏長的馬臉，馬臉的嘴角揚起一個邪氣的笑。「地獄雙使之馬面，在此參見！」

地獄列車，第十三節車廂。

十餘年前地獄列車，少年H以一只八卦鏡收住了暴亂的牛頭，他的脖子，就是被這一條鎖鏈圈住，並陷入列車上第一場險戰。

當少年H喊出，「馬面」這兩字時……黑暗中，果然得到了馬面的回應。

「真不愧是張天師啊。」馬面長長的馬臉，帶著一抹邪氣的笑。「竟然連我在這裡，都會被你猜到？」

「我當然能猜到。」少年H微笑。「當年我就是吃了這份悶虧啊，『只要有牛頭，就一定會有馬面』，不是嗎？」

「嘿，你還記得當時我偷襲你的恩怨啊。」馬面的笑聲尖銳，果真有點像是馬的嘶叫聲。「天師。」

「忘不掉啊。」少年H笑著，「那是當年我踏上地獄列車時，所遇到第一個險境啊。」

「既然忘不掉，那我還能做些什麼呢？」馬面單邊嘴角揚起，頗有酸民味道。「我又不是大師，大師是你呦。」

「聯手，怎麼樣？」

「喔，聯手？」

「牛頭如此瘋狂，我沒有把握在完全不傷他的狀況下，將其制伏，如果我們兩人聯手，機會就會大些。」

「聯手制伏牛頭，機會就會大些，好，成交。」馬面嘿嘿兩聲尖銳乾笑，忽然，他做出了一個讓人無法理解的動作，那就是雙手一鬆。

雙手這一鬆，鐵鏈的拉力頓時消失，而一直束縛著牛頭脖子的力量，也在此刻消失。

當牛頭脖子的拉力消失，也就是他雙角重新找回自由的時候，也是他將足以用雙角的力量，重新攻擊少年H的時候！

馬面這一鬆手，少年H頓時被重新壓回牆壁之內，雙角鋒利的尖端，就在少年H柔軟脖子皮膚處，優雅的來回滑動著。

「馬面，你……」少年H再次壓入牆壁，眉頭微皺。

「我怎樣？」馬面聳肩。

「算了。」少年H吸了一口氣，這一吸氣，竟連帶擾動了列車上的空氣，這份擾動，竟隱隱排出了一個太極圖形。

就在少年H口中吸飽了氣，他的下一件事，就是，把嘴巴張開，吼了出來。

氣，從天地而來，如今，還諸天地。

歸還之餘，附上一禮，名為，太極。

太極氣勁，混入這大吼之中，伴隨宛如深海漩渦的氣勁，頓時將牛頭連人帶斧往後震去。

牛頭失去了重心，但來自撒旦惡願之後的力量仍不可小覷，在太極亂流之中，他抓住了大斧，就要朝少年H劈去。

但，少年H會這麼容易被逆轉嗎？

不知道經歷了多場險戰的少年H，早已不是當年地獄列車上那初出茅廬，對黑榜強雄們只能戰成平手的獵鬼小組五號了。

他是少年H，在混亂飄浮的狂流之中，他已經來到了牛頭的正前方。

右手，更已經穩穩地按住了牛頭的胸口。

「抱歉啦，老友，你變得太強橫，得讓你受點傷才能讓你安靜了。」一邊說著，少年H的右手微一用力，就要將柔軟又暴力的太極氣旋，直接打入牛頭體內。

只要太極一進入其中，會立即亂掉牛頭所有靈氣，更會讓撒旦植入牛頭的惡願崩散，一如中國古老的點穴功夫，讓牛頭從此安靜下來。

只是這招乃屬強行侵入，少年H一掌打入，牛頭肯定帶傷，要完全復原，可能要用上十天半月。

但，時間實在急迫，少年H在完全不知道前方列車內，還有潛藏著哪一位魔神？以及自己夥伴的狀況之時，他只能選擇出了重手。

但就在少年H的掌要壓入牛頭胸口，將這場仗毫無懸念的結束之際……

忽然，他覺得自己的手心空了。

牛頭的身軀，被另外一股力量往下扯了？

少年H一愣之際，他終於看到了那搗蛋的力量來自哪裡……竟是來自那條銀色鎖鏈。

馬面的鎖鏈，不知何時，竟纏上了牛頭的腰部，鎖鏈陡然收直，帶著牛頭身軀往下一拉。

這一下拉，讓少年H的太極掌無法緊密貼合牛頭的胸，更讓掌中盤旋太極氣勁，無法完美無缺的貫入牛頭胸口。

太極無效，少年H腦海閃過十餘種戰術對策，打算應對接下來牛頭即將展開的猛烈反擊……

只不過，這些反擊卻都沒有發生！

因為，當少年H落地，他只見到牛頭已經被鎖鏈給五花大綁，捆在地上了。

「這……」少年H再次皺眉，看著捆住牛頭的這個人，馬面。

「呼，好喘，」馬面擦了擦汗，「牛頭這幾年被關在八卦鏡內，飯倒是沒少吃啊，這麼壯的一隻，捆得我好累。」

「嗯。」少年H看了看牛頭，又看了看馬面。「所以……」

「所以，我算是完成和你的承諾啦，咯咯。」馬面繼續發出尖銳笑聲。「你說我們聯手，要讓牛頭不受傷，怎麼樣，我沒做到嗎？」

「嗯，算是做到了。」少年H沉默，沒錯，馬面的確是讓牛頭在毫髮無傷的狀況下被制伏了，但，前提是，這風險是少年H可能因此被牛頭重傷……

這樣的合作模式……

「你是天師欸，怎麼可能會因此受傷呢。」馬面冷笑，「是吧？」

「……」少年H沒有再回答這問題，只是低頭檢查了牛頭傷勢。「是沒錯，你的方法讓牛頭無傷，等事件結束，再將他鬆綁即可。」

「嘿嘿，就說我們會合作愉快。」馬面咯咯笑著，「不過，方法可能和你想的不太一樣吧，就將就點吧，天師。」

「嗯。」少年H看著馬面，沉默了一秒後，點頭。「走吧，我們去下一個車廂吧。」

這一秒沉默，少年H究竟在想什麼呢？

他想不通一個疑點，一是馬面的方法，乍看下是將少年H推到險境，他坐收其成，事實上要使用這方法，代表馬面必須擁有不下牛頭的武力，以及凌駕牛頭以上的精準判斷力。

他記憶中的馬面，是這樣的嗎？

難道，馬面和牛頭一樣，有什麼奇異的經歷，或是，曾經許下什麼不可告人的承諾，以換取力量嗎？

選擇喚出馬面來制伏牛頭，真的是對的選擇嗎？

不過，這個疑問，在少年H內心盤繞了幾圈之後，他最終還是選擇了他最一貫的態度，那就是四個字：處之泰然。

「走吧。」少年H臉上再次浮現那輕鬆微笑。「我們還得到下一個車廂，只剩下十分鐘不到了。」

十分鐘。

六百秒。

這是一個絕對稱不上長的時間。

是買飲料後排隊等待的時間，是打開電視隨意轉台就會用完的時間，甚至是打開電腦瀏覽網頁眨眼就會過去的時間……

但在這六百秒，卻是地獄列車進入黃泉之門的最後期限，如果不能及時制伏上頭暴動的群鬼，列車即將錯過黃泉之門，衝入人間，人間便會迎向史上最大的鬼怪浩劫。

當年的獵鬼小組，用自己的方式上了車。

更在這短短的十分鐘內，完成了這趟任務，更因為這趟任務，讓幾乎從未失手的獵鬼小組，連損三員大將，隊長羅賓漢J重傷難癒、三號吸血鬼女昏迷不醒，以及確定陣亡的是，二號幽靈騎士雷。

幽靈騎士雷，透過變形術讓自己化身成一個尖酸刻薄的老頭，為了力戰黑榜十六強上的梅花J蘭斯洛，雷回復了自己原本的樣貌，手持龍紋長槍，乃是圓桌武士中最善使短槍的突擊型強手。

可是，雷的對手卻高了整整一段，湖中武士蘭斯洛，其實力甚至直逼圓桌武士之首亞瑟王。

為了掩護夥伴通過這一節車廂，雷犧牲了生命，也成為那次地獄列車事件中，唯一一個確認死亡的組員。

蘭斯洛一死，第一節車廂終於被攻破，獵鬼小組的倖存者終於來到車長室。

整輛列車，終於得以在長達數十秒的尖銳摩擦聲，緊急轉向，衝入黃泉之門。

人類與地獄史上最大的浩劫，就此驚險終結。

「所以，你要跟著我一起闖地獄列車？」少年H握住了第十二節車廂的門把，回頭向馬面再一次確認。

「怎麼樣？天師不歡迎我啊。」馬面酸酸地笑著。「天師是怕自己半路被打掛時，醜態被人看到嗎？哎呦，放心，我什麼都行，就是記憶力不太好，天師被打，衣服被撕光光，褲子破了一個洞屁股露出來這些事，我就算看到也一定記不得……」

聽著馬面這些酸言酸語，少年H本能地皺了皺眉，但決定不搭理他，只專注在眼前第十二節車廂的門內……

車廂是水藍色的？

少年H並沒有第十二節車廂的戰鬥記憶，當年十二節車廂是空的，因為列車上沒有專屬於它的乘客，但現在呢？

撒旦會找誰來搭乘這第十二節車廂？

從小小的車門玻璃上看過去的那一大片水藍光影，到底是什麼呢？

當少年H打開了門，就連見多識廣的他，也忍不住愣了。

這片水藍光影，竟是水。

車廂以車門為界限，門外是少年H和馬面身處的正常空間；但門之內，卻是紮紮實實，緩緩流動，盈滿整個車廂的水。

當少年H微微靠近這面水牆時，他聞到了鹹味，這瞬間，他明白這片水究竟是什麼了……

「海。」少年H回頭看向馬面。「這不只是水，是海。」

「哈哈，天師，所以你的意思是……」馬面笑，「這是一節海怪居住的車廂嗎？」

「上次的地獄列車，這節車廂是空的，想必是沒有載運海怪。」少年H凝視著這片海水之牆，牆內的水緩慢流動，水的深處晦暗無光，似乎巨大得深不可測，「這一次，撒旦不知道打哪弄來了海怪，於是重新啟動了這節車廂。」

「只是，到底會是哪一隻海怪呢？咯咯。」馬面在後酸酸地笑著，「在黑榜群妖中，海怪數目不算多，但是啊，每一隻可都是魔王等級的喔。」

「還是要過去啊。」少年H微笑，手在空中劃了一個大圈，這一圈頓時在少年H身體周圍形成靈力保護層，保護層能斷絕外界的水，更在保護層內提供少年H足夠的氧氣。

事前準備完成，少年H深吸了一口氣，往前躍去，伴隨著身體破入海水的感覺與耳畔的嘩啦聲，他知道，自己真的已經進入了這片海中。

海之內，到底藏著什麼樣的怪物呢？

若車廂真的是海，又該如何才能游出這片海，到下一個車廂呢？

當少年H正有如一艘微型潛艇，在這片大海中快速潛行之際……他聽到背後也傳來了水面衝破的聲音，緊接而來的，是馬面略尖的聲音。

「天師啊，這水有點冷耶。」馬面游到了少年H的身後，動作頗為迅捷。「你快點把海怪找出來打扁好嗎？我最近身體比較虛，醫生華佗說我吹不得風，泡不得水，曬不得日頭……」

「吹不得風？泡不得水？曬不得日頭勒？」少年H回頭看了一眼馬面，只見他在水底宛如自在游魚，東竄西轉，不亦樂乎的模樣，哪來的泡不得水？

「天師，你別顧著欣賞我的泳姿了。」馬面說到這，又笑了幾聲。「你有沒有聽到聲音？」

「聲音……」少年H側耳，果然，海中竟傳來一陣陣優美的歌聲……

這歌聲頗為奇特，乍聽之下竟分不出是哪種旋律？既像是悠揚的古典樂，又像是熱鬧溫馨的鄉村樂，但硬要說是熱情澎派的搖滾樂也有點像，讓人忍不住越聽越入神……

而且越是聽，少年H的意識也開始恍惚起來。

歌聲變得有點遠，又有點近，彷彿在令人嚮往的天際線放聲高歌，又好像在人的耳畔儂語傾訴。

連背後馬面一直以來的酸言酸語，也變得模糊而且溫柔起來。

「天師，這音樂好好聽喔，有沒有發行單曲啊？單曲的名稱我們該怎麼叫呢？海洋之歌？海魚之歌？我們去買一張CD來聽好不好？」

「海魚之……歌……」少年H身體正隨著音樂搖擺，忽然，他身軀一震。「這是人魚之音？」

「人魚之音？那是什麼？好想帶回家聽喔。」馬面的聲音繼續陶醉著。

「人魚之音，是海面上最會迷惑人心的海妖人魚所唱的歌，快收斂心神。」

「幹嘛收斂心神？天師是平常嚴肅慣了，聽不下好聽音樂嗎？」

「是嗎？」少年H一個回身，游回了馬面身邊，臉上閃過一絲笑容之後，忽然伸手，啪啪兩聲，賞了馬面兩巴掌。

「天……天師……你幹嘛？」馬面摸著自己火辣辣的雙頰，滿臉詫異。

「這是在幫你，叫做太極耳罩。」

「太……太極耳罩？」

馬面摸著臉，一方面感受著雙頰的疼痛與熱辣，一方面感覺到了他的雙耳側上，多覆蓋了一層柔柔軟軟的靈力保護膜……。

此膜由少年H的靈力太極所構成，能保護雙耳，濾淨邪音，將一切奇異音符重新回歸正確線譜，重拾音樂原貌。

「太極耳罩？天師，你是打算繼續創造新道具，在地獄遊戲裡面賣就是了？」馬面撫摸耳邊那太極耳罩，一股奇異的感覺在掌心流轉，彷彿有東西在手中，又彷彿空無一物。

但就在這奇異的太極耳罩加持之下……剛剛那又遠又近，既讓人悲傷又讓人迷惑的歌聲，卻完全不同了！

現在的聲音，根本就是鬼在哭啊！

「這……這……」馬面五官扭曲成一團，原本就不太帥的臉，此刻變得更加扭曲，像是把長毛巾用雙手用力擰乾的樣子。

「這是海上最有名的妖怪之一，人魚海妖，她們會在暗礁上唱歌，藉著她們迷惑人的歌聲，誘騙往來的船夫旅人，撞上暗礁，並奪取那些船夫旅人的生命或財寶。」少年H說。

「我剛剛只是把她們的歌聲濾掉而已。」

「原來原本的歌聲，這麼恐怖？」馬面抓了抓自己的馬鬃。「那我們現在要幹嘛？」

「去找她們。」少年H說完，身體一竄，在這片大海中宛如精靈游魚，朝歌聲的方向游去。

「找她們？」下一秒，馬面就懂了，只要抓到一隻人魚海妖，略施手段，就一定能問出離開這片大海，進到下一節車廂的方法。「幹得好，你不當壞人真是可惜啦天師。」

你不當壞人真是可惜了？少年H一愣，他之前是不是在哪聽過這樣的話？

但愣歸愣，少年H如游魚的速度絲毫不減，轉眼就到了海面，看見了那幾個留著長髮，身材曼妙，笑容充滿魅力的海上人魚。

「很正耶。」馬面讚嘆，「等會如果要動刑，要溫柔一點，不，也許不用動刑，天師，還是你先幫我問問看，看她們缺不缺男朋友……」

「正？看她們缺不缺男友？」少年H回頭，臉上又再次浮現了那抹笑容。

也就在少年H臉上出現那抹笑容的同時，馬面驚覺，急忙後退，但少年H「善意」的巴掌又來了。

見到少年H「善意」的巴掌，馬面一個低頭，竟然閃過少年H的這一掌。

「喔？」少年H低笑，手在空中一翻一轉，他手掌宛如海裡矯健游魚，一個肉眼無法捕捉的高速翻身，又再次貼近了馬面的左臉。

「可是真的很正。」馬面轉臉，後仰，竟又讓少年H的這掌低空掠過馬面的鼻樑，再次完美閃避這一掌。「好想問她們有沒有男友。」

「不錯嘛。」少年H再次微笑，要知道少年H這幾年經歷了多場與神魔的險戰，就算此刻沒用上真正靈力道行，但能連躲少年H這兩掌，其功力恐怕可以位列黑榜百大群妖以內……

但少年H畢竟是少年H，當他的手掌第二次翻轉，他不再單純以武術靈活取勝，他的五指間，已經附上了吸力。

吸力突如其來，頓時破壞了馬面的攻防節奏，更讓馬面的臉，終究沒能躲掉少年H「善意」，真的是「善意」的第三掌……

啪的一聲。

馬面的臉歪了，多了一個清晰的掌印。

「容我介紹一下，」少年H微笑，「這叫做太極……」

「『太極眼罩』對吧？」馬面哭喪著臉，包括第一次，他共被少年H甩了三掌，兩邊臉頰都腫了起來，此刻馬面的臉不再是單純的長條形，而有點變圓了。「我懂啦我懂啦那些海上人魚妖都長得不太一樣了。」

是的，在馬面眼中，那些人魚海妖果然都完全不同了。

原本婀娜多姿，會讓馬面想要順手牽羊帶回去當女朋友的女妖們，看起來有的像破百歲的老阿婆，有的下巴還有著青綠色鬍碴活像四十歲大叔。

「是的，又名『真相眼罩』。」少年H離開海面，朝著那些人魚躍去。

「這種眼罩賣不出去啦，應該要賣『不真相眼罩』，這世界夠醜惡了，人們不想看真相啦，人們需要的是能夠讓自己活下去的美好，就算那美好是假的也沒關係。」馬面的臉腫著，也跟著躍出了海面，朝著那群海妖而去。「不過，我個人嚴重懷疑……」

「嚴重懷疑什麼？」

「你是故意的！」馬面尖叫，「你是故意揍我的，報復當時和牛頭激戰的仇。」

「我才沒有。」少年H聳肩，轉眼間，已經來到了海妖的面前。「不然你可以問問認識我這麼久的讀者，我像是這種人嗎？」

「你！根本就是當壞人的料吧你還敢說！」馬面叫著。

「嘿。」少年H只是一笑，轉眼他已經來到了海妖面前，就當他舉起拳頭，忽然，少年H發現周圍陡然變暗，因為一道影子籠罩了他與馬面，而且影子正在急速放大……

少年H皺眉抬頭，隨即他有些訝異，訝異之餘，他嘴角忍不住笑了。

「這節車上，海的魔物，原來不止一隻？」

因為這巨大影子，橢圓如錐，有帆有槳，宛如一艘大船，船上大帆已經殘破不堪，帆上卻隱約可見一個骷髏頭。

看見這骷髏頭，就幾乎能猜出這船擁有者的身分……

「骷髏頭，海盜船？」馬面仰頭。

「是的，幫你加兩個字。」少年H雙手舉起，左右手上太極氣旋高速轉動，有如兩把迴旋鏢。「是『幽靈』海盜船！」

說時遲那時快，海盜船的影子已經大到了極致，正表示它已經完全砸下來了！並在海面炸起驚人水花。

船剛落，上下左右立刻湧出數十名提刀的海盜，只是他們和一般海盜略有不同的是，他們身上不是少了左手就是斷了右手，臉上不是少了左眼就是缺了半邊腦袋，空洞的左眼眼窩中還會爬出章魚觸角，裂開的腦袋裡面還有螃蟹爬行。

他們果然不是人，而是幽靈海盜！

船下，少年H和馬面果然安然無恙，一艘區區大船下砸，怎麼傷得了身經百戰的少年H。

只見他從水面浮起，淡淡的一笑，「按照過往慣例，每節車廂都有一個老大……看樣子，這節車廂的老大，就在那幽靈船上了。」

船上，那不斷湧出的幽靈海盜中，果然有一個人的造型最為霸氣。

他幾乎集合了每個殘缺幽靈海盜的缺陷特徵，他獨眼，左手手腕是一支金屬倒鉤，左腳沒有腳掌而是裝上一根爛木棍，他長髮散亂如章魚觸鬚，不只如此，他肩膀上還站著一隻鸚鵡，這次，連鸚鵡都是獨眼。

看著這男人融合了威嚴、骯髒、邪惡、殘缺的形象。

少年H和馬面同時想起了一個人，然後同時開口。「虎克船長？」

船長虎克，是著名童話《小飛俠》中的經典惡棍，他率領一群海盜，誓言要捉到小飛俠等人，奪取小飛俠的飛行能力。

在《小飛俠》中，虎克船長的形象鮮明且充滿了邪惡趣味，他和小飛俠之間的鬥法精采好玩，更有人喜愛虎克甚過小飛俠。

「你是老大？」馬面單邊嘴角微揚。「你是這節海洋車廂的老大？」

「是的，我，就是幽靈船的王，我，就是這節車廂的老大，」那人比了比自己，「此船是我蓋，此海是我開，要打此海過，留下買命財！」

「要打此海過，留下買命財嗎？」少年H笑了，右手拉住左邊袖子，慢慢上捲，然後又以左手拉住右邊袖子，慢慢上捲。「那就來看看，我們的這雙拳頭，價值多少錢吧。」

同時間，所有的幽靈海盜已經高舉各式武器，在吵雜與咆哮聲中躍下。

「開打啦。」馬面也在笑聲中吼叫著，甩動手上鎖鏈。

下一秒，所有人混戰在一起。

而勝負，也比想像中更快的，被分了出來。

虎克船長，此刻正自己用半邊臉頰，壓著馬面的右腳腳底板……

不，說錯了，是馬面正用他的右腳，踩著虎克的半邊臉。

而你一定會好奇，虎克只用了半邊臉，另外半邊臉呢？

宣佈答案，他的半邊臉正壓在地板上。

當我們把畫面拉遠，我們會看到他正無奈地被打趴在地上，而馬面的腳，正好踩在他的臉上。

虎克船長周圍，散落了一堆斷手斷腳、骨頭、骷髏腦袋瓜，顯然是剛才那群虎虎生風的幽靈海盜們的……殘骸。

「堂堂海洋妖怪車廂，竟讓你當老大？也太遜了吧，連我都可以輕鬆搞定你。」馬面嘿嘿笑著。「快告訴我們，這海洋車廂的出口到底在哪？」

「我，嗚……嗚……」虎克話才說到一半，就突然哭了出來。

「幹嘛哭啦？」

「我，我想當主角啦。」

「當，當主角？」

「對啊，在那個臭英國作家巴里的故事裡面，最帥的是小飛俠，最正女生是溫蒂，一群可愛得要命的小孩，連一隻會說話的螢火蟲都比我漂亮……」

「會說話的螢火蟲？」馬面一愣，「你說的是，不會是小仙子叮噹吧？」

「小仙子？誰准她叫這麼好聽的名字！」虎克嘶吼著，但因為臉被馬面踩著，聲調變得頗為奇怪。

「好吧，虎克，我給你一個當主角的機會。」馬面蹲了下來。「要聽嗎？」

「要！」

「你只要告訴我們，海洋車廂的出口在哪，你肯定會在這部作品裡面獲得平反的機會，雖然地獄系列對文學世界的影響力簡直就是零，但，畢竟是一個開始，不是嗎？」

「告訴你們……出口在哪嗎？」

「沒錯，這裡是汪洋一片，我們自己找也不是找不到，只是時間只有十分鐘，實在太花時間。」馬面的腳，輕輕在虎克的臉上轉著。「怎麼樣，告訴我們一下，能不能變成主角加上好人，這是你唯一的機會喔。」

「好，我懂了。」虎克露出下定決心的表情。「我告訴你們……這節車廂的出口在哪……」

「要說真的喔。」馬面目露凶光。「不可以再當壞人。」

「當然，我發誓。」虎克努力擠出了笑容。「我想當好人，真的，想當一個好人……只是，你可以先把腳移開嗎？你知道……你的腳，有一點點，一點點臭啊！」

在虎克棄暗投明的忠誠告知下，少年H和馬面兩人，以最快速度前往海洋車廂出口。

那是在海面上一束穿破雲層的陽光照耀處，也是被人稱作「天使之光」的光圈，燦爛的映在波瀾不斷的海面上。

「這個車廂，花了我們快一分鐘。」馬面看了看時間，「總算能離開了。」

「一分鐘……」少年H有如靈活的長魚，在海面上急速悠游。

「我知道你覺得很怪，這車廂的時間流動感受怎麼這麼怪？」馬面也奮力游著，一邊嘿嘿笑著，「但這可是從地獄列車事件開始，就一直存在的奇異現象，統稱『地獄系列七大不可思議』之一。」

「七大不可思議？」少年H說，「那另外六個不可思議是什麼？」

「我也不知道全貌，但聽說有『奇怪怎麼樣都不準的下集預告』、『拖稿，拖稿，沒有拖哪裡會有稿？』、『友達以上，戀人未滿之貓女與……』」馬面說到這，突然噤聲。

「與什麼？」

「沒事。」馬面吹了一聲口哨。

「嘿，」少年H嘿的一聲笑，「你只說了三個，那剩下四個呢？」

「我也不知道，但不思議這東西，通常大家都會說七個啊？如果說太少就輸了氣勢，」馬面繼續笑。「所以就算只有四個，也要硬取『七個不思議』啊！」

「嗯。」少年H看了馬面一眼，然後聳了聳肩。

在兩人簡單談話的同時，他們已經抵達了「天使之光」的所在地。

在那宛如聚光燈般，從天空雲朵縫隙，直射而下的燦爛日光，將波瀾起伏的海面照出了一個靜謐的圓圈。

圓圈入口，就是第十二節車廂的出口了嗎？

而就在兩人游到圓圈中央，準備一口氣順著陽光飄浮而起，通往下一個車廂之際……

忽然，他們感覺到海面的波浪，變強了！

浪一層疊上一層，宛如暴風降臨，不只如此，海底下方，一個巨大黑色的影子，正不斷擴大……

「海下面有東西？」馬面感受到海的異常，這影子好大，靈氣好凶猛，大到連大海都會因牠而不安震動嗎？

「嗯。」少年H凝視著海底下那不斷擴張，靈壓強大到足以讓海水產生異變的東西，他吐出了四個字。「……耶夢加得。」

「耶夢加得？」

「北歐神話中，掌握海底深藏黑暗世界的巨蛇，在北歐神話最末一章〈諸神的黃昏〉中，象徵北歐正義方最強的雷神索爾，也只能用同歸於盡的手段，來阻止這條巨蛇……」

「哇。」聽得出來，馬面這聲哇，正在顫抖……

「看樣子，這座海洋車廂的老大，根本就不是虎克啊。」少年H笑了，那是不畏挑戰的笑，「是這條海底巨蛇耶夢加得，這才對，這才符合撒旦佈置了數百年的陰謀等級嘛。」

看著海底下的那怪物影子，越來越巨大，靈壓越來越重，整片海洋都要因為牠而翻覆。

「所以，那個虎克根本就沒有改邪歸正？他早就知道這裡有耶夢加得，他還要我們過來？」馬面咬著牙，「臭虎克，你就一輩子在故事書，在小孩的世界裡當一個壞人好啦！」

「能夠騙倒我們，也算有點道行啦，不愧是長年蟬聯故事書壞角色的虎克船長啊。」

少年H依然微笑著，而他的腳底下的海面，則因為靈氣而逐漸出現一個太極圖形，隨著海浪不斷捲動，太極圖形越來越大，也越來越清楚。

「所以……」

「耶夢加得會守在這，表示出口真的就在這，既然出口確定了。」少年H一笑，「咱們就硬闖出去吧。」

說完，太極氣旋爆發，化成捲動整片大海的洋流，衝向了海底下的那頭怪物影子。

而海底的影子怪物，也在此刻浮出了海面，一條宛如島嶼的大蛇身軀，伴隨衝入天際的狂浪，攻向了少年H兩人。

激戰，就這樣直接上演。

第八章　無罪的極惡車廂

地獄列車上，第十一節車廂，一片漆黑，車廂門呀的一聲打開了。

然後兩個濕答答的人影，一前一後進入了車廂。

「我們還多少時間啊，天師？」後面的人影身高較高，比較明顯的特徵是臉很長，長得不像是人臉，而像是馬臉。

「九分鐘。」前面被稱作天師的身影，甩了甩臉上的水珠，青春洋溢的少年臉龐，活力中帶著少見的沉靜，他不是別人，正是當今的獵鬼小組五號，少年H。

「剛剛那隻耶夢加得還真的不得了，對吧，天師？」如果前面是少年H，那後面的長臉人，自然就是這個莫名其妙加入的夥伴，馬面了。「媽啊真是我見過最誇張的靈力體，隨便甩動一下尾巴，大海就像瘋了般亂搖，他根本就是天災等級的怪物啊！」

「嗯。」少年H點頭。「耶夢加得算得上是一個好對手。」

「是啊，幸好天師你的功夫還算不錯，那招叫什麼?紅通通黑白圈嗎？」馬面滔滔不覺地說著，臉上的海水還在不斷往下滴。

「那叫做火太極……」

「對對對對，你說得對，火太極比紅通通黑白圈好聽些，不然聽起來像是我們去吃麵時會點的『黑白切』……哈哈。」

「嗯。」

「天師，你把火太極弄得好大，好大，大到跟太陽沒啥兩樣，然後像是套圈圈遊戲，直接圈中耶夢加得，耶夢加得雖然強得亂七八糟，但火太極也是強得亂七八糟，兩個亂七八糟疊在一起，還真的是打得亂七八糟，但天師你贏了耶！」

「要打敗耶夢加得，在剛才短短的一分鐘內，是不可能的，畢竟他可是足以滅亡整個北歐神系的海中大魔。」少年H搖頭。「我不過利用了耶夢加得的唯一弱點，制伏了他的行動……」

「什麼弱點？」

「太大。」

「咦？太大？」

「無止境的吸取海中靈力，耶夢加得是一個大過頭的靈體，因為大，所以一定抓得到。」少年H淡淡的微笑，「我用火太極牽制牠，讓牠的行動遲緩了那短短的兩秒，我就可以過來了。」

「是啊，你真厲害，天師。」

「不過有趣的是，時間只有兩秒喔。」

「兩秒，所以？」

「兩秒……」少年H看著馬面，眼睛眯起，旋即又笑了。「這兩秒內，你竟然能夠順利跟上我，來到這車廂，所以你其實滿強的喔，馬面。」

「……」馬面與少年H目光相對，然後隨即哈哈的笑了。「我懂我懂，天師你要稱讚我是嗎？真不好意思，說了這麼多話，原來是打算稱讚我啊，兩秒真的很險喔跟你說，我真的差點以為我最得意的馬尾巴上的鬃毛，會被門夾掉哩。」

「嘿。」少年H原本想再說話，卻忽然安靜下來。

會安靜，不是因為沒話要說，而是因為此刻的車廂，有了動靜。

第十一節車廂。

當年也是空的車廂，車廂內黯淡無光，空無一物，讓少年H得以輕鬆越過。

不過，同樣是一片黑暗，少年H卻覺得有些不同。

這片黑暗之中，有什麼東西存在著。

然後，少年H好像聞到了什麼……

香氣。

濃烈，飢渴，那是一碗麵條被炸得乾脆卻不膩，然後以一股純淨熱水朝乾燥麵條直沖而下，當熱水沖擊乾麵的瞬間，誘發如火山般往外噴發的食物香氣。

少年H記得，這是他來台灣之後，台灣獵鬼小組說要獻上的最棒當地口味，「泡麵」的味道？

為什麼地獄列車上，第十一節車廂內，會有人在吃泡麵？

黑暗中，濃郁的泡麵香，到底，是什麼怪物潛伏在這十一節車廂內？

「好餓。」馬面的聲音從少年H背後傳來。「怎麼這麼香，這是什麼食物的香氣？」

「這是泡麵。」

「泡麵？」

「最早的泡麵是在日本發揚光大，但真正的發明者，卻是一位旅日的台灣人。」少年H語氣沉著，「那位旅日的台灣人名為安藤百福先生，這些都是我剛到台灣時，台灣獵鬼小組們告訴我的。」

「原來是這樣，竟有這麼酷的食物，我生存的那個年代，大家吃的都是大肉，濃湯，食物即煮即食，若是一天沒吃食物就會腐敗，哪來這麼奇怪的東西？」

「大肉，濃湯？」少年H看了一眼馬面，「你是生存在哪個年代啊，馬面兄弟，中國古時候就很重視烹調囉，在宋朝時就有煎煮炒炸各種讓食物美味的手法囉。」

「呃，我講的是我的村莊啦。」馬面眼神閃過一絲古怪。「你知道，我們比較窮，住的比較鄉下勒。」

「呵，原來是這樣。」少年H點了點頭，邁開步伐，就算眼前一片深沉無光，無光中更透露著古怪的泡麵香氣，他依然毫不畏懼地踏入這片黑暗之中。

黑暗，混雜在泡麵香氣，彷彿變成一條條的黑色濃流，在少年H周邊流動著。

越是往前，黑色濃流越強，越清晰，也越鮮明。

終於，少年H看到了黑暗底端的那個東西。

那是張老舊的木板凳，木板凳上有個白色的保麗龍碗，上面的鋁箔半掀開來，半開碗口正不斷湧出一團團白色濃郁的泡麵蒸氣。

那聞到讓人食指大動的泡麵氣息，顯然就是從那蒸氣來的。

只是奇怪的是，這裡只有一張板凳，一碗熱騰騰的泡麵，但人呢？對手呢？車廂之主呢？潛伏的怪物呢？

但若說這車廂是空的，可以讓少年H兩人毫無顧忌地衝過去，偏偏又多了這一碗泡麵？

「天師，怎麼辦啊？我們是該衝，還是不該衝呢？」馬面的聲音透露著懷疑與畏縮。

「嗯。」少年H向來果斷，所以他只是稍一遲疑，就踏步往前。「那就走吧。」

「是啊是啊，但是，天師勒，你要往前走，可千萬……千萬要小心勒。」馬面的聲音悠悠拉高，「因為你知道……這車廂專門載運什麼樣的人物嗎？」

馬面如此尖銳清幽的聲音，實在讓人聽了不舒服。

「什麼人物？」

「這車廂，就叫做『無罪的極惡之人』車廂。」

「啊？」少年H皺眉回頭，看向馬面。

就在少年H回頭的同時，少年H後方那碗泡麵內，裊裊白霧中，一個又長又粗，又黑又滑，宛如腐敗油狀樹根的物體，已然緩緩升起。

無罪的極惡之人？這一節車廂到底載著什麼樣的怪物呢？

車廂內，黑色的長條物體在空氣中扭動，然後微微一頓之後，像把利刃般，急速穿向少年H的背。

就在要穿入少年H背部時，少年H身體輕輕一擺，像是完全沒有意識，只是簡單伸個懶腰般，避開了這一擊。

黑色物體一個急速盤旋，又再次回頭，急穿向少年H胸口。

這一次，少年H沒有閃躲，只是用手輕輕朝它一撥。

撥得很輕，撥得很隨意，但卻見到這黑色物體猛然往旁撞去，撞上了車廂牆壁，其力之猛，不只讓車廂隨之晃動了一下，更讓黑色物體碎裂開來。

「好強啊。」馬面用力鼓掌，「不愧是天師。」

可是，少年H的表情卻有些怪異，他看著自己的手心，低語：「油？」

「油？」馬面也重複了相同的話，然後轉頭看向了剛剛黑色物體撞上的車廂牆壁……碎裂的黑色物體，正流下一灘一灘的油。

忽然，少年H開口：「小心。」

這聲小心才剛說完，黑色油體一陣扭動，竟凝聚出一個人形，人形佈滿了黑油的嘴嘶吼著，朝少年H猛撲而來。

少年H雙手再次揮動，十餘下掌氣連發，如同蝴蝶繽紛，頓時將全身浸油的黑色人形，往後擊退。

在漫天飛舞的黑色油汁中，人影踉蹌後退，又再次撞向了車廂牆壁。

幾乎潰散的人形，嘴裡嘶吼著：「油，油，這該，是我們喝的，油嗎？」

「這是什麼意思？到底『無罪的極惡車廂』內，關的是什麼人？」少年H遲疑間，卻聽到馬面大喊一聲：

「泡麵的碗！」

「泡麵的碗？」少年H再次轉頭，這次，他看見了一個巨大的綠色身影，正從碗裡面湧出來。

越湧越大，越湧越大，最後形成了一個壯碩無比，至少兩個人高的綠色壯漢。

壯漢的手臂極粗，每一隻手臂都快要和他身體一樣粗大，只見他雙拳高舉交握，高高舉起，伴隨著他的嘶吼聲，雙拳用力擊中了車廂地面。

當雙拳落到地上，帶起地板的劇烈震動，震得少年H和馬面的雙腳，都離開了地面。

然後那綠色壯漢向前一衝，帶著重磅般的巨力，撞向了少年H。

失去重心的少年H，避無可避，就這樣被綠巨人正面撞上……

撞力猛烈，將少年H撞入了車廂牆壁之中，牆壁凹陷，更啟動了地獄列車牆壁的防禦機制，強大咒語伴隨如電能般的閃光，全部集中到了受撞者身上！

「天師！」馬面大叫一聲，隨即閉上了眼，轉過了頭，語氣顫抖。「沒想到……沒想到……這麼厲害，這麼偉大，貫穿了整個地獄列車事件的天師……就這樣……就這樣……

離開我們了。」

綠巨人壓著牆壁的凹陷，少年H陷落其中，毫無動靜。

「我會懷念你的，真的，會立一個牌子，上面寫著感謝天師，然後辦一個慎終追遠會之類的，要入場瞻仰的玩家，每個人收三百元遊戲幣……」馬面繼續閉著眼，嘆著氣。

「不過既然天師已經下去領便當了，那接下來誰要當主角呢？啊，現場有人想要報名嗎？總不能是那團髒兮兮的油吧，更不可能是全身泛綠的傢伙吧？既然如此……我也只好當仁不讓了，唉。」馬面邊嘆息，邊拿出不知道從哪裡變出來的梳子，梳理堅硬凌亂的馬鬃毛。

「要當主角，就得注意一下裝容，人帥，真是麻煩啊。」馬面邊梳著，邊搖著頭嘆氣。

「你說，誰去領便當了啊？」一個聲音，從馬面後面傳了過來。

「誰？我剛說得不夠清楚嗎？是天師，是偉大的天師啊。」馬面張開雙手，一副朝天空悲憤的模樣。「蒼天無眼，竟然讓天師去領便當了啊。」

「天師，其實他不愛人家叫他天師，天師是許多年前的稱號了，他其實喜歡別人叫他……H。」

「H？你又怎麼知道，他不愛別人叫他天師？你是哪根蔥？」馬面哼的一聲。

「因為，我就是他啊。」

聽到這句話，馬面一抖，緊急轉身，他看見了那張熟悉的少年臉龐，臉龐上，掛著同樣熟悉的輕鬆笑容。

「天……天師……」馬面舌頭啪嗒啪嗒的打結著。

「這種小角色，傷不了我的，」少年H淡淡一笑，「不過，你倒要擔心一下自己了。」

「擔心自己？」

「嗯。」少年H伸出了手指，比了比馬面的身後。「因為，那綠色的大傢伙，好像更生氣了。」

更生氣了？

馬面一聽，急忙回頭，他沒有看見綠巨人生氣的臉，不，不能這樣說，正確的說法是，馬面只看到一對拳頭，這對拳頭十指交叉，宛如巨鎚，從天而降，阻擋了馬面所有的視線。

然後，綠巨人張開滿是綠牙的嘴，發出聲嘶力竭地吼。「銅葉綠素，該死的銅葉綠素啊！」

然後，拳頭巨鎚已然落下。

伴隨車廂巨震與滿天飛舞的煙塵，將馬面與少年H兩人，同時吞噬……

車廂，天花板上。

少年H正安然的以背部貼附其上，注視下方的動靜。

「那綠巨人，果然傷不了你啊，馬面。」少年H淡淡地笑著。

在天花板的另一側，把身體擠在行李箱鐵架上的馬面，完全把自己偽裝成一個毛茸茸的棕色行李。

「天師，過獎過獎，不過天師啊，現在狀況有點麻煩哩，因為如果我們搞不懂這節車廂的祕密，就找不到車廂出口，不過這車廂真的好怪，先是名字怪，什麼『無罪的極惡車廂』，裡面出來的高手也怪，先是一團髒油，接著又是綠巨人浩克，你心裡有底了嗎？」

「嗯，是掌握了一些線索，但要完全勘透其中的玄機，則還沒有辦法……」少年H沉吟，「但唯一肯定的是，一切玄機的關鍵，都在車廂中的那碗……泡麵裡面。」

「那碗泡麵……」馬面的目光，也移向了車廂中的那張舊木板凳，以及板凳上的那碗泡麵上。

泡麵那半開的鋁箔紙內，仍不斷飄著香氣的白煙。

會喊「這該是我們吃的油」的奇怪黑色油狀物體，以及嚷著「銅葉綠素」的綠巨人，都是從裡面出來的……

「既然決定了。」少年H吸了一口氣，「那就走吧。」

「走?走去哪？」

「……」少年H沒有回答，只是手腳肌肉微微用力，然後離開了天花板。

離開了車廂天花板，離開看似輕盈，但速度卻快到超乎想像，如閃電，如輕風，如一根蓄力飽滿顫動離弦的箭，筆直的，射向了那碗緩緩飄動香氣的泡麵。

「天師！」馬面大叫，「你想幹嘛，那碗太小，你塞不進去的，你如果餓了，列車可能會有鐵路便當……」

少年H沒有絲毫動搖，繼續垂直地朝向那碗泡麵，直躍而去。

而同時間，那碗看似窮酸，簡單，毫不起眼的泡麵，卻像是有了知覺……它的煙，輕輕盤旋了一下，突然收攏，從四面八方回捲而來。

它，似乎感受到高手來了！

然後，就在少年H即將碰觸這碗泡麵時，煙中，又出現了新的怪物。

一個全身腫脹，扭曲變形，像是氣球灌到太滿的人，這人張開雙手，從濃霧中撲向了少年H。

少年H見到他的手掌，原本要接，卻在雙掌要接觸的瞬間，彷彿意識到了什麼，手一迴，側身避開。

而這腫脹之人的手掌沒有碰到少年H，啪一聲，撞到了車廂的牆壁，只是這麼輕輕一下，車廂牆壁竟然像是長了膿包，表面冒出一個個泡泡，泡泡一破，更噴出惡臭膿汁。

「此人的手掌有毒，而且這毒好厲害。」馬麵咋舌，「不只是生物，連無生物一樣也會中毒啊？」

只見那全身是毒的腫脹之人，嘴裡冒著泡泡，甩動著全身的肉，再次撲向少年H。

「這人全身是毒，碰不得。」少年H一邊輕盈地躲避，一邊回頭對馬面說道。「所以我要下重手了囉，擔待點。」

「擔……擔待點？你要打壞人，為什麼是要我擔待點？」馬面正把自己化身為一個行李，穩妥地藏身在行李架上，「這是……什麼……意思？」

「就是，」少年H雙手迎向了這腫脹之人，他的左手手腕轉動，形成半圓，右手手腕也跟著轉動，又是另一個半圓，兩個半圓相接，就是太極。「我打算把他炸了，整個車廂可能都會被波及！」

整個車廂都會被……波及？

馬面才張開嘴，打算阻止。

因為他有苦衷，苦衷就是，他躲得很舒服，躲得很好，躲得有點不好移動，如果這時候這全身是毒的傢伙炸開了……

但，少年H的雙手已經到了腫脹之人胸口，左手右手，上下半圓，一黑一白，急速旋動。

把腫脹之人的肥肉，旋成一個肉色的螺旋，螺旋考驗著肥肉的肌肉強度，而且隨時都會繃緊而炸裂。

就在腫脹之人發出力竭大喊，「戴奧辛，是戴奧辛！」之後……肥肉終終於承受不住，猛力炸開。

毒液，肉汁，亂七八糟的肉色物質，噴滿了整個車廂。

在噴滿毒液的混亂場景中，當然還包括了馬面的慘叫聲，「別，別噴，會，會噴到我，噴手就好，不，噴腳就好，拜託別噴到臉，我靠臉吃飯的啊……」

少年H雙掌擊碎了腫脹之人，他沒有回頭顧及馬面，絕非少年H是心狠手辣之輩，實則是雖然只是短短的兩節車廂數分鐘，他已經了解了一件事。

馬面，一定會活得好好的。

所以，少年H只是專注地繼續往前，並伸手為刀，朝著眼前這碗泡麵，就要直劈下去。

就在少年H的手刀已經來到泡麵的正上方之處，泡麵碗抖動了兩下。

原本瀰漫於車廂內香氣十足的煙，在此時此刻，全部收攏，回到了泡麵口處。

少年H知道，無論這碗泡麵是什麼？無論這節『無罪的極惡之人』車廂內到底關了什麼？無論接下來會出現什麼？這都肯定是最後一擊了。

然而，少年H的手刀，卻停住了。

他微微感到疑惑。

因為，讓泡麵積蓄全部力量的最後一擊，所出現的這個敵人……

消瘦，頭髮凌亂，下眼袋又大又黑，打著哈欠，一手拿著一本厚厚的工數課本，一手拿著PS4的電動搖桿，搖晃著快要昏厥的腦袋。

「這是……」少年H基於這幾年對人間的認識，他脫口而出，「大學生？」

「是啊，我是大學生，而且還是一個……」那大學生還繼續打著哈欠。

「一個什麼？」

「爆肝大學生。」

說完，大學生的左下腹側，突然爆發燦爛銀光，一股讓少年H都感到不安的靈氣，就這樣從他左下腹側，整個爆湧出來。

威力之強，爆力之猛，等同一枚足以摧毀一個城市的微型核彈。

就這樣在少年H正前方五公分處，猛力炸開，讓少年H連集氣防禦，都慢了一步。

先是髒油，然後銅葉綠素的綠巨人，到全身是毒的戴奧辛，到最後的殺手鐧爆肝大學生。

這『無罪的極惡之人』車廂，到底封印或羈押著什麼樣的地獄惡鬼呢？

爆肝大學生。

這樣的角色，乍看之下毫不起眼，事實上，若論他的武力和危險度，都擁有主宰戰局的能力。

原因，就在他的肝。

肝，在人體五行中屬木，「故人臥血歸於肝，肝藏血，心行之，人動則血運於諸經，人靜則血歸於肝臟，肝主血海故也。」在中醫學裡，肝不只能排毒，更是全身血庫。

而西醫理論中，肝主排毒，有如一座精密強大的化學工廠，製造酵素，賀爾蒙，蛋白質，免疫與造血等功能。

無論是中西兩方的理論，都認同肝臟這人體最大的內臟器官，能匯集百毒，並予以排解重製，讓人體得以繼續生長與存活，一直到生命結束的那一刻為止。

但，如果聚集到肝臟的毒，已經巨大、詭異、猛烈到肝臟難以排解呢？

身為人體首席排毒器官，它已無處可排毒，於是那千奇百怪，光怪陸離的毒，便會一點一滴的累積到它的體內，而它，依舊固執地將乾淨的酵素，純淨的血釋放回人體。

時間一久，累積劇毒的肝，就會像一枚驚人炸彈一樣，開始倒數……

終有一天，當倒數結束，肝就會爆裂。

人稱爆肝。

由於一路累積下來的毒千奇百怪，銅葉綠素、地溝油、戴奧辛、塑化劑、回鍋油、毒澱粉、香精麵包……這些物質單獨存在也許還只是某種毒物，一旦混合在一起，威力豈止百萬倍。

不過，光是有一個萬毒洗禮的肝，事實上還不夠，要讓肝在期限內快速爆裂，還需要一個同等重要的條件。

日夜顛倒的作息，三餐不定的生活，夜遊，夜衝，夜唱，夜晚去鬧鬼的屋子打賭誰能混得久……

肝要爆，就要混亂的人體。

誰最混亂？當仁不讓，除了日也操眠也操的工程師之外，就只有……大學生了。

為什麼不選工程師呢？也許是因為工程師年輕時候也是大學生，而且在大學時候把肝操壞了，還來不及對肝臟灌入毒物，自己的肝就爆炸了。

於是，大學生，這些新鮮的肝，配上戴奧辛，塑化劑，地溝油……等經典毒物，就會形成讓少年H陷入苦戰的超級兵器，「爆肝大學生」。

苦戰，的確是苦戰。

曾經與貓女兩人共同力抗女神本體，「白月」的少年H，也都在泡麵中飛出的最後王牌「爆肝大學生」中受了傷。

長長的車體，在爆肝大學生的肝爆炸瞬間，甚至整個歪斜了一公尺，全靠這輛地獄列車本身強大的結界，硬是把這第十一節車廂的輪子給拉回軌道。

也因為這樣的爆炸，少年H的左手被拉出一條長長的傷口，傷口濺血，但少年H的左手仍繼續往前伸，直到手掌壓住了那碗泡麵的口。

「什麼叫做『無罪的極惡之人』？我終於懂了。」少年H的左手壓著泡麵口，泡麵內的煙也隨之被困在泡麵內，只見泡麵的保麗龍碗不斷顫動，不知道有多少魔物，正在裡頭嘶吼衝撞，要撞破少年H的左手奔騰而出。

「這世界上，有的人沒親手殺過人，甚至連一張交通違規單都沒有收過，但他們卻做了無可饒恕的事，害了更多的人！他們明知道這樣的食物不能做，這樣的物質不能添加，他們還是加入了食物中，然後賣給普羅大眾！」少年H左手緊壓著瘋狂抖動的泡麵，傷口的血，順著手臂往下流，一滴滴地滴在泡麵上。

「但，你們可知道，這些東西被做成了食品，到了市場，吃的人會是誰？會是老人，會是年輕人，會是剛出生什麼都不懂的小孩！於是吃的人身體產生異變，生病，中毒，患上慢性病！」少年H咬著牙，左手仍在滴血，但他就是不移開他的手。

就是要讓泡麵裡面的群魔知道，他，少年H的決心。

「這些人，惡透了，惡到天理不容！」少年H難得露出憤怒的神情。「但悲哀的是，法律有沒有辦法定他們罪？沒有辦法！所以他們才是『無罪的極惡之人』！」

泡麵不斷扭動著。

這車廂中所承載的，就是將那些物質摻入食品中販賣給大人小孩的惡棍嗎？而他們如今都在泡麵中，發出憤怒的嘶吼？

「也許，世間的法定不了你們的罪，」少年H左手仍在用力，「也許，地獄政府也拿你們無可奈何，但是……」

泡麵因為不斷掙扎，形狀已然扭曲，眼看就要炸裂，裡面的極惡群魔就要蜂擁而出。

「但是，」少年H低吼，整個左手陡然往下壓，「我，可，以。」

說完，噗的一聲，整碗泡麵就這樣被少年H的左手壓扁了。

這一壓，沒有熱湯亂噴，沒有泡麵亂衝，只有一碗完全扁掉，再也不會顫抖的泡麵碗。

看著泡麵碗不再抖動，裡面那些『無罪的極惡之人』的下場，可想而知……

「天師……」這時，馬面聲音小小的，出現在少年H身後，「你，你生氣的樣子，好，好可怕喔。」

「有嗎？」少年H吸了一口氣，臉上又恢復了原本輕鬆的微笑。

「天師，雖然，這時候提這件事不太好，但，你知道政府說，對罪犯處以私刑，是違法的，你後面可能會有很多，很多麻煩……」

「是這樣嗎？」少年H依然是淡淡的微笑，「你覺得，我會在乎這種小事嗎？」

你覺得，我會在乎這種小事嗎？

看著少年H那溫和純淨，卻又無比堅定的雙眼，馬面懂了，也笑了。「我想不會。」

「嗯。」

「天師，有件事我沒有想得很通，為什麼他們居住的結界，會用泡麵的碗啊？」馬面說，「泡麵，或是泡麵的碗，有什麼特別的含意嗎？」

「我想是有的，只是我也不太清楚。」少年H點頭。「也許泡麵對這些『無罪的極惡之人』有什麼特殊意義，又甚至說，這些『無罪的極惡之人』之中的老大，剛好是一個做泡麵的人吧……」

這些『無罪的極惡之人』之中的老大，剛好是一個做泡麵起家的人吧？

「也許是喔，天師，你的聰明才智，真的讓我打從心底的五體投地哩。」馬面用力點頭，「只是……天師，我們接下來好像會遇到一個問題……泡麵裡面的鬼都被你一掌打爛了，我們該怎麼離開這車廂呢？」

「好問題。」少年H聳了聳肩，手指往前比，「不然，我們問問看……那個人好了。」

那個人？

馬面順著少年H的手指往前看去，車廂角落，還真的蹲著一個人。

這人身材高大，眉清目秀，體格修長且精鍊如運動員，只是他垂著頭，神情落寞地蹲在角落，心裡似乎有什麼難關過不去……

「請問，」馬面搓著手，盡量露出他自覺最親切的笑容。「你對這車廂熟嗎？你也是『無罪的極惡之人』嗎？」

「我……不是。」那人搖了搖頭，清秀的眉宇之間滿是愁雲。「我和這節車廂原本的那些人完全不熟。」

「那，你怎麼會在這呢？」

「其實我也不知道，我只知道……」那人說，「我有天心裡犯了傻，向撒旦許了願，然後那個撒旦把我帶到這裡來了……」

「許願……」馬面眉頭皺了皺。「你許了什麼願望？」

「嗯。」那人歪著頭，遲疑了一下，然後開口。「我希望能重返大聯盟。」

「重返大聯盟？大聯盟那是什麼？一種可以吃的食物嗎？」

「不是，那是當今最崇高的棒球殿堂。」那人苦笑了一下，「曾經，我在大聯盟拿下當年度的最多勝投，後來因為跑壘腿部受傷，從此浮浮沉沉好多年，但我一直在等待機會，有機會再次站上大聯盟，那寬闊的本壘板，那炙熱的空氣，那萬人目光的注視，那緊繃到讓人窒息的呼吸。」

「感覺很酷啊。」

「所以，我許了願望，但撒旦卻讓另外一個球員受了傷，我因此而遞補，可是那不是我要的，我投了幾局，卻又受了傷，最終被下放到小聯盟。」

「每個願望，都是必須付出更慘烈的代價，」少年H在一旁嘆息，「這就是撒旦願望的真相，就像是古老的故事『猴掌』一樣……」

「所以，你不是撒旦那邊的人？」馬面問。

「不是。」那人搖頭。「我不是。」

「那你可以告訴我們下一個車廂，第十節車廂的入口嗎？」馬面再次擠眉弄眼，試圖在他的醜臉上，擠出一個和善溫柔的表象。

「可以，不過你的表情看起來不太舒服的樣子，你肚子痛需要大便嗎？」那人比著車廂另一頭，「那裡有廁所喔。」

「肚……肚子痛？你說我親切的表情，是肚子痛？」馬面深受挫折的模樣，「我，我沒有！我才沒有肚子痛！這是我最溫柔……最深情款款的表情欸！」

「哈哈，既然沒有肚子痛，那請跟我來……」那人抓了抓頭髮，蹲了下來，一陣掏摸。掏到了一個實在不起眼的手把之後，嘿的一聲，車廂底部的一扇鐵門，竟然就這樣被掀了起來。

車廂底被掀開，露出下面交錯的電線，以及電線下方，不斷往前推進的鐵軌。

鐵軌上，許多不明的、混濁的黑暗生物，正緊追著地獄列車的軌跡，快速地爬行著。

「下面，就是下一節車廂的入口。」那人比著車廂底，以及那不斷往前流過的鐵軌。

「跳下去就到了。」

「騙……騙人的吧？」馬面低著頭，吞了一下口水。「你真的是好人嗎？不是撒旦派來的嗎？」

「我不是。」那人搖頭。「這裡真的是到下一節車廂的唯一入口。」

「不然，不然你先跳？」馬面滿臉不相信。

「所以，你們不相信我？」

「呃，也不是不相信啦。」馬面支支吾吾，只是看著鐵軌上那群正高速追逐火車的黑暗生物。

馬面縱然不知道那是什麼，也知道它們肯定非常危險。

那種無法登上地獄列車，連十八層地獄都無法進入的荒野魂魄，一旦落入他們手上，會有什麼遭遇？馬面連想都不敢想啊。

「我相信。」這時，少年H往前站了一步，身體已經一半在那懸空的地板上。「你說，你是打棒球的。」

「是。」

「你曾經登上大聯盟？」

「嗯。」

「你曾經奮戰不懈，直到有資格爭奪勝投王？」

「嗯。」

「你，是不是曾經背負著兩千三百萬人的期待。」少年H淡淡的笑著，「最後，你無愧於這份期待。」

「嗯……」那人聽到這句話，先是一愣，然後槁木死灰的雙眼，一絲熱切光芒隱隱閃過。

「如果你是這樣的人，我又有什麼不好相信的呢?哈哈。」說完，少年H大笑間，一腳踏上了那懸空的列車踏板。

然後，墜下。

接著，消失了。

無法分辨，是墜入了地獄列車的軌道，從此與那些無法待在陽世，也無法存活於地獄的荒野靈魂糾纏，還是真的通過了奇怪的入口，到達了下一節車廂。

「哎啊，天師，少年人就是這麼衝動，看你這麼衝動，我也只好拚了。」馬面用力捏著鼻子，也跟著往下一跳。

然後，他感覺到失速，也感覺到墜落。

更感覺到車輪底下那些飢渴、憤怒、貪婪、邪惡的荒野靈魂猛然躍起，就要朝著馬面的腳踝，狠狠咬下，並把馬面拖入無窮無盡的陰陽交界之中……

「啊啊啊。」就在馬面慘叫之際……

他感覺到一隻手，強而有力的手，抓住了他的臂膀，然後提了上來。

接著馬面感覺到堅硬的鐵格地面，以及行進中火車專屬的低鳴與震動，他睜開眼，看見少年H的背影，然後開心笑了。

「天師，剛是你救了我？」

「你當跳水啊，幹嘛閉著眼睛？」少年H的背影如此說著，「你知不知道可能會跳歪？」

「是嗎？會怕啊。」馬面笑著，「我就知道天師是好人。」

「是不是好人，現在不是最重要的事。」少年H的背影直直往前，似乎在凝視著什麼。

「怎麼會呢？我對天師的景仰如滔滔江水，怎麼會不重要，天師，我還要說……你真是我見過最英挺，最玉樹臨風，最英姿颯爽……」

「不重要的原因，是因為我想起，這車廂是什麼車廂了？」

「啊，什麼車廂？」

「當年，我的老戰友狼人T在這裡差點栽了一個跟斗。」少年H的背影，在凝重中，一股強悍的鬥志，正隱隱燃燒著。「因為這車廂之王，就是後來和我們一同旅行的……貓女。」

「貓女統御的車廂？」馬面先是一愣，隨即懂了。「這裡是……野獸車廂？」

「沒錯。」

「各種包括山海經、舊約聖經、童話奇書的傳奇魔獸，都可能在這車廂裡？」

「正是，」少年H目視前方，淡淡的笑容中，散發著堅定的戰意。「這裡。」

正是，這裡。

鏡頭帶動，帶到了少年H的正前方。

晦暗無光的車廂之中，乍看之下似乎空無一物，但仔細看去，每個角落，每扇窗戶邊，甚至是天花板上，都有一雙雙眼睛。

那不是人類的眼睛，那是野獸的眼睛。

這裡，是野獸車廂。

貓女早已離開，那現在這車廂的首席王者，又會是哪一隻獸王呢？

第九章　誰是新獸王？

首先衝到少年H面前的，是山海經上的著名妖獸之一，以群體行動著稱，畢奇。

數十隻的畢奇，外型像是吃了輻射物質而巨大十餘倍的蚊子，震動著牠寬大的羽翼，發出讓耳膜刺痛的嗡嗡聲，朝少年H與馬面俯衝而來。

畢奇聲威極盛，殺氣滾滾，但少年H臉上看不到半絲懼色，他只是微微側身，躲到車廂的另一側，同時避開了這群畢奇的主攻範圍。

只是，他才踏入車廂的另外一側，另一隻山海經妖獸，已經在這裡等著他了。

猙。

猙外型似豹似猴，動作俐落矯健，數目則沒有畢奇這麼多，僅僅兩隻，但卻互相依偎，相互扶持，反而形成更難攻防的存在。

「畢奇與猙，這麼特殊的形象。」少年H嘴角微微揚起，「怎麼好像一本叫做《鑄劍師》所描繪的名字與樣子？這Div是不想再花功夫找怪物，就找老演員來當臨演是嗎？」

「這很像Div超級會偷懶的風格啊。」馬面躲在少年H身後，「天師，我們該怎麼辦，牠們看起來很凶，也很餓的樣子，我們會不會被吃掉啊？」

「怎麼辦啊？一人分一個怎麼樣？」少年H微微一笑，「那畢奇給你，猙給我？」

說完，少年H肩膀輕輕一挺，就這樣以力帶力，將馬面往車廂的左側推了過去，頓時退到了那一大群畢奇蚊子的前方。

馬面一個踉蹌，差點摔倒，正當他好不容易穩住重心時，一抬頭，就看見那足以遮蓋他所有視線，凶神惡煞般的畢奇群。

這些巨大的蚊子，隨便一叮，肯定就能把馬面身上直接扎出直徑三公分的大血洞，更別提那淬著藍光的畢奇針上，絕對還沾著曠古劇毒。

「好，好可怕……不然猙給我，畢奇給你。」馬面急忙跑回少年H的背後，把少年H推向畢奇的方向。

「確定？」

「確定。」

只是馬面才來到車廂的右側，兩隻猙，同時張開了嘴巴發出嘶吼，猙的嘴，裡面密密麻麻全是尖銳獠牙，獠牙上還帶著不知道歷經多少歲月的血跡。

如此畫面，驚悚度實在不下於漫天飛舞的畢奇啊。

「天師，我覺得這也有點可怕。」馬面轉身，正準備繼續和少年H交換位置，這時，猙已然出手了。

兩隻猙，宛如夫妻般默契十足，單手互抓，一隻不動，並使勁將牠的夥伴，朝馬面方向甩過來。

這一甩，速度登時倍增，轉眼間，猙的血盆大口，就已經來到馬面的正前方。

「救命。」馬面一個急低頭，險險避開這一咬，而第二隻猙，也在此刻逼了上來。

第二隻猙，攻的是下路。

馬面看到自己的肚子，已經在第二隻猙爪子揮動的範圍內，想到自己的肚子被爪輕輕劃開，裡面腸子胃內臟像雪崩一樣從肚子破口流出來的樣子。

「嗚。」馬面急忙一個跳躍，又再次險避過猙的爪。

猙的爪，在馬面鞋底擦過的同時，剛剛失手的第一隻猙也已經展開了回擊。

爪與牙，同時用上，要將跳在半空中的馬面給撕成碎片。

馬面停滯在空中，下有第二隻猙的爪，上有第一隻猙的牙，他已經無處可躲。

「慘了啦，這兩隻猙也合作得太好了吧。」馬面哀號聲中，兩隻猙的爪已然揮到，卻沒有傷到馬面。

因為馬面在千鈞一髮之際，一腳踩住下面那隻猙的臉，一手壓住上面那隻猙的鼻孔和眼睛。

然後，馬面手腳同時一撐。

身體就這樣隨這股力道往後飛騰，飛騰了四分之一節的車廂，驚險萬分地躲掉了上下兩隻猙的夾擊。

「太厲害了太厲害了，這是夫妻雙獸嗎？」馬面最後屁股落地，砰的一聲，他臉上露出痛苦的表情。「好可怕的默契。」

見到馬面再次成功躲開攻擊，兩隻猙互望了一眼，眼中露出了吃驚與決心，接著，一隻猙往上一跳，跳到了第二隻猙的背上。

「這是哪招？」馬面微愣，就看見這兩隻猙衝了過來。

兩隻猙，一上一下，同時揮舞雙爪，爪數頓時由二倍增為四，速度竟然絲毫不減，彷佛這兩隻猙天生就為一體，沒有絲毫滯怠感。

面對這樣毫無破綻的攻擊，馬面轉身就開始跑。

這四爪雙猙不斷在車廂中追擊著馬面，一會在牆壁上切出長長爪痕，一會弄垮原本就破爛不堪的椅子，一會踩爛了地板……但，就是沒追上馬面。

「哎喔，」「救命，」「殺人喔。」「會死啦，天師救命。」馬面一邊哀號著，一邊四處逃竄，但雙猙每一爪都是棋差一著，沒傷到馬面分毫。

直到，馬面終於砰的一聲跌倒，他大叫：「天師，太過分了啦，這兩隻猙欺負我。」

「傷害你？我怎麼覺得你身上一點傷都沒有哩。」一個聲音，就在馬面之後響起，聲音清朗。

「天師……」馬面回頭，「你的，你的……畢奇呢？」「嗯，畢奇嗎？」少年H轉頭，牆壁上，有一群巨大蚊子，尖頭插入列車牆壁，身體軟軟地垂著，正好排出了一個完美的太極圖。「牠們替我畫圖去了。」

「太強了吧。」馬面開始鼓掌。

「強嗎？」少年H說，「我覺得你也不錯啊，你看，雙猙乃夫妻雙獸，其聯合攻擊在魔獸界也算是有名的，但打了半天，卻也沒有傷你分毫。」

「運氣運氣啦。」馬面揮著手，露出有點害羞又有點驕傲的神情。

「要打夫妻雙獸，這種以陰陽互補幾乎完美的攻勢，破綻就算有，也早就互相補足了。」少年H慢慢轉身，「就只能，來硬的了。」

來硬的。

馬面眨了兩下眼睛，他看見了少年H倏然來到雙猙面前，只見雙猙雙手互相堆疊，四爪以四種角度同時襲向少年H，方位、速度、攻擊力道，都互相補足到沒有絲毫破綻。

少年H若不擋住這招，他眨眼間就會變成八片肉塊。

「天師……」

少年H的雙手也打開了，然後瞬間莫名其妙的增幅為四個，不，是因為他的揮拳夠快，形成了具備實體威力的殘影。

砰砰砰砰，四拳四爪相碰，又倏然分開。

「吼！」夫妻雙猙同時發出野獸嘶吼，四爪速度再次提升，快如雨珠，朝少年H全身上下驟然而下。

而少年H呢?他罕見的，不再以優雅太極應戰，而是以快拚快，雙手成拳，化成更像風暴的大雨，迎擊雙猙。

砰砰砰砰，砰砰砰砰，砰砰砰砰砰砰砰，砰砰砰砰砰砰砰砰砰砰砰砰，短短的數十秒間，就是上百下拳力相撞，每一下都紮紮實實，震人心魄。

其中，混雜著雙猙的吼叫聲。

只是，雙猙的吼聲，聽起來不像是憤怒，更不像誓死誅殺對手的瘋狂，反而帶了點喜悅……

終於，遇到一個肯和自己正面對決的人類。

終於，遇到一個願意用充滿誠意的肉搏戰，來挑戰自己的對手。

這對手，就是少年H。

「吼！」忽然，雙猙猛然提高了吼聲，然後四爪在空中合一，爪子朝前如利鑽，鑽向了少年H的胸口。

「哈哈哈，要來了嗎？」少年H大笑著，百拳殘影瞬間收回，然後化成精鍊一拳，拳如鎚挾著猛烈氣旋，朝雙猙爪鑽，狠狠回擊而去。

四爪，對上一拳。

鑽子，對上鐵鎚。

鏘的一聲，似金石，又似鈍擊，響徹了整個車廂。

「吼……」然後，雙猙發出了低吼，暢快淋漓的低吼，慢慢地倒下，倒在少年H的右拳面前。

雙猙昏厥，不過牠們臉上卻都帶著淺淺的笑意，牠們來自遠古的時代，潛居深山之中，死因是一場隕鐵之戰，那一場戰，對手的人類用盡詭計，先抓母猙，然後誘殺了公猙。

喜愛戰鬥的牠們，死得冤，又死得怒，故成亡靈，搭上了這台鑽石A撒旦精心策劃的地獄列車二代。

不過，牠們慶幸著，在列車上遇到了這個奇異的少年。

痛快。

這才是戰鬥後的痛快。

就算敗北，也能放聲大笑的痛快。

「天師你太酷了，竟然不用武術，不用靈力，硬碰硬把這兩隻上古妖獸擊敗，太帥了啦。」馬面歡呼著。「我好愛你真的超級愛你的，你會出寫真書嗎？我一定訂一本！也幫我的親朋好友牛頭、黑白無常、孟婆、城隍爺們全部都訂一本！你要給我簽名喔！」

「嗯。」少年H看了馬面一眼，似乎決定假裝沒聽到這堆廢話。「不過，問題還在後面……」

「問題？畢奇、雙猙，這兩大異獸都被你解決了。」馬面笑著，「我們應該破這車廂了吧？我們去找下一個車廂的入口嗎？」

「恐怕沒有。」

「咦？」馬面一呆。「你是說沒有入口可以找嗎？車廂陰影處這麼多隻野獸，隨便抓一隻來問……」

「我說的沒有，指的是……」少年H凝視著車廂前方，那片混濁不堪的黑暗中，似乎有什麼生物，正慢慢地吞吐著鼻息。

鼻息的聲音，隱隱放大，更震得車廂微微晃動。

「王，沒有被我們清除掉啊。」少年H朗聲說道，同時間，眼前的黑暗，一雙眼睛睜開了。

「指的是……」

巨大、滄藍、深邃，那是一雙屬於寬闊天空的眼睛。

「王？還有比畢奇和雙猙更強的野獸？」

「嗯，關於異獸之王的認知，數千年來一直都沒有改變。」少年H慢慢地說著，「無論是萬年神龜、千年鳳凰、深海百足章魚，人類無論將想像力發揮到多麼極致，都公認的最強一隻神獸……」

「公認的最強一隻神獸……」馬面嘴巴微張，「天師，你的意思是……」

眼前的黑暗，慢慢浮現了那王者的全部形體。

宛如天空的碧藍色眼睛，粗大的鼻孔，血紅的鱗片覆蓋著身軀，一對巨大翅膀，那是足以稱霸野獸界的絕對王者。

「龍。」少年H吸了一口氣。「四大種族之首，龍，原本才該是這車廂的王啊。」

龍。

噴火之龍。

第十節車廂之王，正式登場。

龍。

在十層地獄寬闊無垠的土地上，被公認的強大種族共有四個。

狼人族，此族擁有的是如荒野戰狼般的剽悍血緣，速度、力量、利爪，是此族揚威地獄的關鍵武器，此族屬於半人半狼，故不只擁有野獸的優點，更能理解複雜文字，融入人類社會，成為與人類最親近的種族。

不過，也因為能與人類互相結合的特性，給了這種族一個無法迴避的命運，那就是血緣的稀釋。

狼人的血統越來越淡，越來越不純，雖然那些擁有少數狼人血緣的人類，總能在各類運動上大放異采，但真正的狼人已經越來越少了。

狼人T，這類擁有極致狼人血緣，存活超過三百年以上的大狼人，已經成為傳說級的人物了。

在四大種族之中總是和狼人族相提並論的，就是吸血鬼族，吸血鬼族同樣能和人類血緣融合，但此族生性高傲，會刻意保護自己血緣，故種族特性保留得較為完整。

不過現今吸血鬼族倖存的人數卻只和狼人數不相上下，原因也同樣出在他們種族天性上，高傲的他們不只看不上人類血統，甚至看不起彼此，故在數百年前經過幾次巨大分裂，分成數個大大小小吸血鬼族。

而彼此更因為對人類的理念不同，有的吸血鬼族認為人類就該是食糧，跟豬狗牛馬差異不大，有的則與人類和平共處，更躲藏在地獄某處與人類比鄰而居。

理念不同加上絕對高傲的天性，讓吸血鬼各族展開了互相殘殺的戰爭，E族就曾被最強悍的B族所滅，這段時間，吸血鬼人數驟減為原本的千分之一。

不過關於吸血鬼們的戰爭，這幾年已經逐漸減少，隨著越來越多吸血鬼寶寶的誕生，這一族正緩緩地復甦中。

而吸血鬼們彼此戰爭的減少原因眾說紛紜，但流傳最廣的，則是聖佛親自出手，震懾了最好戰的吸血鬼B族……

地獄第三大族，他們與人類的關係不若上兩族這樣親近，他們是死與未死之間的亡靈，他們是殭屍族。

殭屍族的數目極難估計，因為他們多半時間都藏在地下熟睡，宛如獨角仙的幼蟲，只有特定情況才會破土而出。

歷史上曾經有三次殭屍大規模破土，殭屍出土的數目從三十萬到一百萬都有，也都造成地獄極大的災難，因為殭屍以活物為食，舉凡牛羊豬鳥狗……甚至是人類，都是殭屍的食物。

地獄政府往往需要出動軍隊，甚至是延請魔神等級的強者駕臨，方能阻止一次的殭屍破土。

至於殭屍大規模破土而出的原因，在地獄專家們口中則是爭論多年，有人說與人類工業污染造成氣候變遷有關。

有人說殭屍也算半種生物，在地底下躺久了總會肚子餓，總要出來吃飯，大規模破土是大家互相約好出來吃飯的意思。

也有人說殭屍能感應到一種特殊的音頻，那是帝王屍才有的頻率，大規模殭屍破土，是因為千年才一煉的帝王屍，終於誕生了。

也有人說，有地獄的科學家，找到了偽造帝王屍頻率的方法，更被地獄政府的高層神祕奪走，目的是喚醒殭屍群，製造大規模混亂，多年前，鍾小妹的哥哥，大名鼎鼎的抓鬼人鍾馗，就曾經親自去調查此事……

不過，說起四大種族，無論是如野獸般凶猛的狼人、聰明高傲的吸血鬼，還是擁有驚人數量沒有痛覺的殭屍，大家公認最強的種族，還是第四個……

龍族。

最神祕，數目最少，居住地，習性，種類都成謎的第四種族，龍族。

每一隻龍據說都是獨一無二的，飛越天空掌握雨水的中國雨龍，能噴出燃盡天地萬物烈焰的噴火龍，混著蟲族血脈的蛟龍，睜眼天明閉眼天黑的燭龍，甚至是曾經為龍但卻被龍族驅逐，後來在天地間釀成大禍的龍之九子，贔屭、螭吻、蒲牢、狴犴、饕餮、蚣蝮、睚眥、狻猊、貔貅等……其實都是龍族一脈。

每一隻龍都有其獨特能力與特性，沒有人知道龍是如何誕生，以及如何死亡，牠們像是天地積蓄千年之後淬鍊而成的靈體，用著自己的節奏，悠然過著自己的生活。

也因為如此，地獄的居民們沒有任何異議的，將四族之首的稱號贈與了龍族。

只是龍族這幾百年的行蹤卻越來越少被人發現了，有人說原本數目就少的龍族遭到獵人獵殺，數目不斷下降。

有人則持反對意見，他們說龍乃四族之首，怎麼可能輕易被獵殺？

但這些人也不得不承認，如果獵人的等級夠高，實力已到黑榜十六強級數，甚至是地獄政府的高官強將，的確有足夠的能力獵殺低階龍族，使其數目銳減。

只是，這些人為何要獵殺龍族？是看上龍族那能抵禦任何魔法的鱗甲？還是看上龍族體內宛如小宇宙般的能量體？還是想藉由龍來研究其壽命萬年的祕密？抑或想取得最強火龍方有的墨黑之火，因為此火能熔盡萬物？

不確定。

但就算龍的數目變化再大，所有的人卻都清楚一件事，那就是高等級的龍王，不會被獵殺。

只是，這樣的龍很少。

蠋龍、中國雨龍、火龍、妖之蛟龍……牠們的血脈到底去了哪？無人知道，已經數千年無人知道了……

地獄列車，第十節車廂。

黑暗的車廂中，這雙深邃碧藍的眼睛，凝視著少年H與馬面。

短短的數秒鐘，兩人竟然產生一種地板碎裂，裂開的地板爆出炙熱岩漿，將兩人吞噬的錯覺。

「這是龍欸。」馬面的聲音微微抖動著。「我上次看到龍，好像，好像是一百，不，是兩百年前了……」

「嗯。」少年H動也不動，傲然立著身軀，與這隻佔滿了半個車廂的高智慧生物對望著。

「希望這只是一隻低階龍，不是傳說龍，不是蠋龍，不是蛟龍，不是中國雨龍，也不是統御西方天空的霸者，噴火龍……」馬面邊說，邊像是想起什麼似的啊了一聲。「啊，天師糟糕，我忘記我是有名的烏鴉嘴了，說什麼會中什麼！」

「……」少年H沒有回應馬面，而同時間，地板微微震動起來。

那是龍的腳步，每一下，都讓車廂為之震動的腳步。

隨著每一下腳步，這雙碧藍色眼珠的主人，也逐漸從黑暗中浮現了他完整的軀體。

金紅色的鱗片、傲人的雙翅、完美無瑕的身軀弧線，還有，嘴中隨著呼吸節奏改變的火焰。

火焰……

火焰不紅，反而呈現謎幻的深藍與墨黑色。

「黑火？」馬面噤聲。

「正是黑火。」

「所以，牠是傳說龍之一？」

「西方霸主，噴火龍。」

此句剛落，黑火已至。

挾著看似冰冷卻能熔盡萬物的高溫，捲向了少年H與馬面，不利的是，車廂如此狹窄，兩人其實已經避無可避，這場第十節車廂的驚險戰役，究竟會如何收場？

這是一場詭異的戰鬥。

之所以詭異，並不是因為戰鬥中充斥著幽靈亡魂驚嚇恐怖之類的元素，而是因為有一方的攻擊，完全無效。

那一方，就是少年H。

他的拳，他的掌，他的靈氣，他的雙腿，無論如何打，套上何種靈力，每一拳打在火龍的鱗片硬皮上，竟然都像是打在一大團包著厚牛皮的棉絮。

只有兩個字，無傷。

龍的皮，傳說中能抵禦所有的靈力，而這隻火龍，更被尊為傳說之龍，其抵抗能力甚至高到百分之百。

既然無傷，就等同無敵，只見牠不斷扭動牠的頭，嘴一張，一枚黑火就此噴出。黑火，也不同於一般龍的火焰呈現噴射散開狀，反而像是一粒精實的黑色砲彈，啵的一聲，砲彈射出，以超越音速的速度，來到獵龍者的面前。

誤觸黑火，唯一下場，就是被黑火燒到連骨頭都不剩。

少年H，就這樣在無效擊打火龍，驚險躲避黑火中，在狹窄的車廂內到處閃躲。只見他一會跳到車廂窗邊，右手扶著車窗，一會伏下身子，雙手按在地板上，又一會蹦上天花板，雙手吸住列車車頂。

火龍的黑火砲迅捷如黑電，在車廂四處飛彈，但少年H手腳實在俐落，上百發過去，就是沒擊中他。

而黑火也貫穿不了地獄列車的牆壁，畢竟這是曾經載運千萬趟人間地獄亡靈的列車，牆壁上那無數層的咒術，形成了絕對無法被擊潰的障壁，黑火一碰到列車的牆，火焰溫度先被咒語冷卻，然後火焰隨即被分裂成十幾團，十幾團的小火焰又被分裂成更多十幾團……

等到分裂成數千個，數萬個細小低溫火球時，也沒有什麼足以破壞車廂牆壁的威力了。

不過現在的狀況對少年H而言，的確是最麻煩的，因為，這趟列車之戰是有時間限制的。

四分鐘，他們必須貫穿十三節車廂，若是在這車廂停留過久，在當年是會讓列車錯過黃泉之門開啟的時間，而這次，恐怕是會讓撒旦取得最後夢幻之門的主導權，甚至成功搶下女神的願望。

宛如流彈般的黑火，少年H圍繞著火龍周圍閃躲著，一會避上了火龍的正上方車廂頂，一會避到了旁邊的窗戶，一會又從火龍的下方滑壘般溜過。

就這樣糾纏了數十秒，忽然，少年H的動作停了。

因為，他竟然躲掉了密密麻麻的黑火陣，傲然地站在火龍面前，露出了招牌的輕鬆笑容。

「可以了。」

「可以了？」一旁把自己縮到極限小，奇蹟似的完全沒有被黑火擊中的馬面，順著少年H的話，開口問道。

「這場攻防戰，可以了。」少年H在火龍面前，舉起了右手。

而他的右手，一陣太極光芒閃爍。

「欸？」

「就像是對海洋惡魔『耶夢加得』，時間太短，完全擊敗傳說中的噴火龍難度很高，但若只是單純的限制其活動，也許就簡單多了。」少年H的右手越來越亮，然後笑聲中，提氣吼道：「太極陣，捕獲這頭傳說之龍吧！」

這句話才說完，車廂的四處，竟跟著浮現了點點的太極光芒。

每一個點，都是少年H剛剛曾經躲避的位置，車窗上、車頂處、地板處、椅腳邊，每個位置，每個角落，都回應了少年H右手上炙熱的太極光芒。

點點靈氣光芒，圍繞住這頭凶猛火龍，剛好排出一個，太極。

太極，又是太極。

完美的圓，是流動的圓，如今，就要化成禁錮的圓，就要禁錮這頭傳說之龍。

耀眼的太極圖陣之中，卻見這頭龍碧藍色眼睛，閃過一絲沉靜思考的神色。

然後，太極圖完成。

龍，就這樣被太極不斷流轉的上白下黑箝制住，再也動彈不得了。

「好啦，總算結束啦。」少年H吐出了一口氣，「馬面，走啦，咦？你還在嗎？還活著嗎？」

「在，在，在。」馬面嘻皮笑臉地從某個不知名的角落鑽了出來。「難得天師會關懷我的安危，著實感動哩。」

「嘿。」少年H只是淡然一笑。「因為就算不關懷你，你也會自己跟上來吧。」

「嘿嘿，動物車廂的王被打掉了，這些動物也會乖乖不敢動吧。」馬面做出大搖大擺的姿勢。「那我們趕快過去吧，咦，出口好像就在前面哩。」

「嗯，那的確就是出口，動物車廂的出口沒有做得很複雜，我想是因為動物們本身就不喜歡複雜吧。」少年H微微點頭，就朝著出口前進。

而當少年H往前走去，他可以感覺到車廂的四周，有著一雙又一雙的眼睛，正盯著他與馬面。

那些眼睛，有的大，有的小，有的渾圓如月，有的細長如絲，更有的墨黑如深夜，或明亮如白晝。

不管這些眼睛有什麼不同，卻都有一種共同的本質……那就是，這些都不是人類的眼睛，而是屬與荒野，屬於叢林的野獸的眼睛。

少年H與馬面，就這樣筆直地穿過這一雙又一雙的眼睛，直到了車廂門口。

忽然，少年H倏然停步。

少年H這一停，讓馬面差點撞上了少年H的背。「天師，天師，幹嘛突然停住？你腳麻了嗎？腳麻是末梢血液循環不良，可以吃——」

「不是腳麻。」

「那是什麼？」

「是眼睛。」

「咦？」

少年H慢慢地回過身子，全身的靈氣開始緩緩地提升與凝聚，化成鋒利如刃的戰氣。

「這些動物的眼睛，沒有絲毫的退卻。」

「因為？」

「因為，牠們知道……」少年H已經完全轉過了身子，正對車廂中央，那被太極圖騰困鎖的火龍。「牠們的王，還沒有被收服。」

「啊？」馬面啊的一聲，尚未結束，突然，整個太極猛然炸裂。

碎裂的太極中挾著巨大狂暴的黑火，黑火之中，正是那隻張大了嘴，發出憤怒咆哮的傳奇火龍，火龍翅膀展開，朝著少年H衝了過來。

少年H雙手架起太極靈圖，試圖阻擋全身都是黑火的火龍。

不到一秒，太極靈圖瞬間潰散。

少年H被捲入了黑火之中，他急速收回靈氣，試圖再次打出太極，但第二個太極還來不及成形，就又被第二陣黑火衝擊，再次崩潰。

少年H極度頑強，他左手再轉，以手腕為圓心，又畫出了一個小太極，試圖縮小範圍，避開狂凶黑火。

但就在小太極剛剛成形時，火龍碧藍色眼珠一閃，黑火再次襲擊少年H的左手小圓，轟然潰散。

這剎那，火龍已經在少年H的正前方，而黑火更完全將少年H包圍，少年H的任何反擊或自保的太極，都被這團黑火完全擊滅。

就這樣，少年H不再移動，而火龍居高臨下，宛如蒼涼王者，凝視著少年H。

這一下對視，不存在獵人與獵物的關係，也不存在勝利與失敗的對立，唯一有的，像是英雄惜英雄般的惆悵。

然後，火龍張開了嘴。

黑火湧現。

少年H，閉上了眼，嘴角隱隱浮現一抹輕鬆笑意，就這樣消失了身影。

「天師，輸了……？」馬面看著眼前這團黑火，滿臉不可置信。

挑戰過伊希斯女神，戰過濕婆，墮入成魔佛，曾經經歷大大小小驚險戰役，就算敗，也敗得光榮的少年H，竟在這傳奇火龍中的黑火中，大敗虧輸，甚至可能送上性命？

你，真的輸了嗎？天師，少年H？

少年H倒下了。

「無法攻破的龍甲，能自在幻化的黑火，極度狹小的車廂戰場，加上有限的時間。」少年H倒下時，忍不住思考這件事。「這樣的條件下，要擊敗這擁有絕對戰力的傳說火龍，難度，真的很高。」

所以，輸了嗎？

這趟衝入夢幻之門，為阻止撒旦，並拯救老友阿努比斯和女神的戰役，會這樣輸了嗎？

少年H慢慢地閉上眼，他向來不是一個會輕易放棄的人，所以他需要思考，需要在這逆境中，想一下，到底要怎麼解開這僵局。

傳說噴火龍。

致命黑火，不利空間，能抵禦一切的龍甲，極短時間，集結了所有不利因素，要如何解開這一盤局。

他還在想……

在想……

想……

直到，少年H看到了一張紙條。

這張紙條，不知怎麼，竟穿過了炙熱的黑火，悠悠蕩蕩地飄到了少年H的面前。

看著紙條，少年H眼睛睜大，然後笑了。

因為，紙條是這樣寫的……

「來，跟著我唸，下面這行字……」少年H越唸，臉上就越無法控制的浮現了笑容。

當年，在同一個車廂，同樣敗給野獸車廂之王的獵鬼小組，是不是也拿到了一張紙條……

紙條上，是不是也寫著同樣一句話，「來，跟著我唸，下面這行字……」

而當時的那一行字，是臨兵鬥者皆陣列在前，就是這一行字，揭開了逆轉的戰局。

如今，當少年H在這車廂落入了險境，又是一張紙條飛到他面前，這一次，紙條寫的是什麼呢？真讓人期待啊。

「承，認，」少年H按照著紙條，一個字一個字唸著。「吧，獵，鬼，小，組，最，帥，的……」

唸到這，連向來帶著從容微笑的少年H，都微微皺起了眉頭。

「是，誰，是，我，四，號……」

承認吧，獵鬼小組最帥的是誰？是我，四號！

「這是什麼鬼啊，」少年H唸到這，忍不住放聲大笑，「原來是老朋友回來啊，回來還不現身！四號，狼人T！」

四號，狼人T！

也就在此刻，那將少年H眼前一切都完全淹沒的黑火，就這樣被一對爪，硬生生分成了兩半，一張粗獷且熟悉的笑容，就從黑火的背後，露了出來。

黑火，被硬生生撥開成兩半。

黑火是火，是一種由溫度和光熱組合而成的非實際物質，要如何撥開？能撥開它的，只有另一種非實際物質，那就是「風」。

一種高速，鋒利，接近真空的風，方能切開黑火。

而這樣的風，來自一個壯碩而剽悍的男子，男子胸口心臟處還有一道巨大的傷疤。

「哈哈，H，你看起來好狼狽啊。」當這男子以爪子劃開了黑火，笑聲爽朗如昔。「怎麼像是被這團黑火洗澡啦。」

「對手是火龍啊，沒辦法。」少年H躺在地上，見到老友，也放聲大笑。「不然你有辦法？狼人T。」

狼人T。

這笑聲，這能夠以爪子撥開黑火的武力，這份讓少年H打從心底發出的喜悅……他，不是狼人T還會是誰？

「當然有。」狼人T大笑。「別忘了，你可是唸了那關鍵的咒語……」

「喔？關鍵的咒語？」

「那就是，『獵鬼小組第一帥，四號！』」狼人T比了比自己，「身為第一帥，怎麼會有事情難得倒我呢。」

「那你打算怎麼辦？」

「就看我的吧。」

下一秒，狼人T右手抓住了少年H的右腳，硬是將他拖出了黑火之中。

而火龍的碧藍眼睛，也轉移了牠原本的目標，看向了這位攪局者，狼人T。

「嘿。」狼人T雙手往外伸展，同時間，噌噌幾聲，鋒利絕倫的狼爪已然亮出。「火龍，你的對手是我。」

火龍碧藍眼睛，瞪著狼人T，鼻息噴出了兩道濃重鼻息。

彷彿在說著，任何人來到這裡，對我來說，都是一樣的，都只是我黑火的餌食而已。

「來吧，火龍！」狼人T大笑間，已然高高躍起，衝向了火龍。

而火龍也擺動了牠長長的龍頸，同時間，嘴中那宛如黑色砲彈的黑火，也隨著甩頭激射而出。

然後，少年H眼睛睜大了。

因為他看到了狼人T做了一件讓他感到訝異的事，狼人T伸出爪子，沒有使出狼人族最擅長的近身戰，狼人T甚至連攻擊的姿態都沒有做出來，而是……

說了四個字。

就這四個字，讓少年H眼睛睜大，然後嘴角忍不住微揚起來，也太犯規了吧。

他怎麼沒有想到，這頭噴火龍，原來就是……

到底，狼人T說了哪四個字？

讓擁有絕對黑火武力的噴火龍停止了攻擊，讓向來冷靜的少年H都忍不住眼睛睜大，讓整個戰局因此發生劇烈改變？

哪四個字？

那是從地獄列車開始行駛，就一直被提起的四個字，它就是……

「阿，努，比，斯。」

The End

奇幻次元 31

地獄系列 第十四部 地獄之初

國家圖書館出版品預行編目資料

地獄系列 第十四部 ，地獄之初 ／ Div 著.
一 初版. 一 臺北市：春天出版國際，2018.04
面； 公分. 一（奇幻次元；31）
ISBN 978-957-9609-31-9（平裝）

857.7 107003811

ISBN 978-957-9609-31-9
Printed in Taiwan

作者 Div
封面繪圖 Blaze
美術設計 三石設計
總編輯 莊宜勳
編輯 黃郁潔

出版者 春天出版國際文化有限公司
地址 台北市信義路四段458號3樓
電話 02-7718-0898
傳真 02-7718-2388
E-mail frank.spring@msa.hinet.net
網址 http://www.bookspring.com.tw
部落格 http://blog.pixnet.net/bookspring
郵政帳號 19705538
戶名 春天出版國際文化有限公司
法律顧問 蕭顯忠律師事務所
出版日期 二〇一八年四月初版
定價 220元

總經銷 楨德圖書事業有限公司
地址 新北市新店區寶興路45巷6弄6號5樓
電話 02-8919-3186
傳真 02-8914-5524